破壊の王子と平凡な私

夏目みや
Miya Natsume Presents

fairy kiss

この作品はフィクションです。
実際の人物・団体・事件などに一切関係ありません。

破壊の王子と平凡な私

プロローグ

「――見つけた」

突如、低音の声が周囲に響いた。

そこにいたのは、見つめられたら、思わずうっとりしてしまいそうな、そんな誰もが見惚《みと》れるほどの容姿をしている男性。

その眼差《まなざ》しは私と、隣に並ぶ親友のレイちゃんに向けられていた。

身なりのいい騎士を思わせる服装に、一瞬目を奪われるぐらいの整った顔立ち。

遠目にもわかる金の髪は光を浴びて輝き、グリーンの瞳は新緑の森を思わせる。

どこか中性的で優しげな雰囲気を持つ男性が目を細め、私達《たち》を見つめて微笑《ほほえ》む。

「――探しました」

彼の声は低く、だけど重くて力強い、そしてよく響く声だ。

彼の呟《つぶや》いた言葉を聞いた途端、思わず身震いをする。

隣で呆《ほう》けているレイちゃんの手を強く握ると、私はその手を力任せに引っ張った。

「ちょ？　ちょっと、メグ⁉」

慌てるレイちゃんの意見も聞かず、後方に建つ家の中へと入る。

正確に言えば、レイちゃんを急いで押し込めたのだ。でもきっと、こんなことをしても無駄。隠せるはずがない。私の本能はそう悟っている。

だけど今はあの男性の視界に、レイちゃんを入れたくないと思ったのだ。

「どうしたのよ、メグ？」

わけがわからない様子で私の顔をのぞき込むレイちゃんを尻目に、私は扉に寄りかかる。

あの男性はいったい、どこから来たのだろう。

ふと疑問に思うけれど、本当はわかっている。ずっと気づかない振りをしていたのだ。だけど男性の姿を前にすれば、もう認めざるを得ない。

――レイちゃんを連れに来たのでしょう？

ついに来てしまったのだ。私が恐れていた、この日が。

この平穏な日々が壊れてしまう予感がして、体が震えた。

これまでの楽しい日々から、これから起こると予想される波乱を覚悟して、目をギュッとつぶった。

第一章【メグ】　森の暮らしは突然破られた

朝日が森全体を包む。

朝露の付いた葉っぱ、靄《もや》がかかった空間に、清々《すがすが》しい朝が訪れようとしている。

私は簡素な木のベッドの中で、のそのそと動き出す。

少し肌寒いけど、これもいつものこと。伸びを一つして、せーのでベッドから起き上がる。そして窓辺へと立ち、今日の空模様を確認する。

「今日も晴れそうだな」

あくびをしながら、寝癖がついてぼさぼさになった頭をなで付けた。本来ならストレートな髪なので、すぐに元の髪型に戻る。

「さぁ、起きますか」

いつもの朝が始まろうとしている。

私の名前は桜井恵《さくらいめぐ》。なぜか日本から異世界トリップをして来た生粋の日本人で、歳は十八歳になる。

ある日の学校帰り本屋に寄ったつもりが、気づいたらこの世界の、このヘボン村にいたのだ。

最初はファンタジーな本を読み過ぎだわー、ないわー、夢だわーなんて思って、笑う余裕さえあったけど、一向に冷めない夢に、これが現実だと認めた瞬間、私は泣き崩れた。

あれから三年。

どうなることかと思ったけれど、私はこの村で生活していた。

どこからかポツンと現れた怪しい私を、すぐに自宅に招き入れてくれた村長夫妻を筆頭に、皆が優しくしてくれた。

ド田舎で自給自足がモットーなヘボン村。名前までも平凡で、取り立てて目立つ様な村ではなく、皆が力を合わせて、ひっそりと生活していた。

しばらく村長の元に身を寄せて、この世界についてのことや生活などを一通り教えてもらった。

そうして半年が過ぎた頃、村の外れにある村長の持ち家の一つと、目の前にある広大な土地を貸してもらった。

『自分で生活できる様にならなくてはいかんじゃろ。わしはもう歳だから、いついなくなるかわからんしの』

そう言って、大口を開けてカッカッカと笑う村長だったけど、確かに村長は九十歳をこえている。

その冗談は笑えない。

村長の厚意をありがたく受け取り、彼の元から自立したのだ。

昼間は広大な畑で野菜やハーブなどを作ったり、近くの森で布を染める草花を摘んで来たり。そんなこんなで、私の一日はスローライフに見えて、結構忙しい。そしてまた、充実していたのだ。

野菜を植え、収穫する。そこでとれた野菜や果実を村で物々交換をして、生計をたてていた。すぐ隣に広がる森は、食べられるキノコや木の実など、自然の恵みがたくさんあった。

そうして慣れてくると家畜の世話を任される様になった。動物はとても可愛《かわい》い。それに卵やミルクが手に入ると、料理の幅も広がった。

こんな生活を送っている私だけど、そんなにすぐに、ここでの暮らしに馴染《なじ》んだわけじゃない。

十五の私が見知らぬこの世界にきて、もちろん泣いた。それも号泣レベルだ。夜になると故郷が懐かしくて、涙を流したことは数えきれない。

だけど、そこまで悲観的にならなかった理由が一つあるのだ。

それは――。

「レイちゃん、起きなよー!!」

ダイニングキッチンから続く隣の部屋の扉を開け、ベッドを見る。そしてそこで、もぞもぞと動くブランケットの膨らみに声をかける。

「まだ……。いま……起きる」

まったく起きる気のない声を出してきたのが、レイちゃん。

私と共に異世界トリップして来たレイちゃんは、私の幼馴染。レイちゃんも私と同じ本屋にいたはずが、気づけばこの世界にいたのだ。

最初は二人暮らしも不安だったけれど、すぐに慣れたし、楽しかった。共用のスペースを持ちながらも、個人の部屋もあったので、一人になりたい時は一人になれた。

レイちゃんは、辛《つら》い時には励ましあい、時には喧嘩《けんか》をしながらも、仲良くやって来た私の親友であり大切な家族だった。

「もう朝だよ」

「朝じゃない」

これがいつもの私達の日課。レイちゃんは朝に弱いのだ。昔からここは変わらない。

「じゃあ、朝ごはん作ったら起こすからね」

レイちゃんが了解とばかりに、ブランケットから手を出して、ひらひらと振る。私は朝ごはんの用意をする前に、着替えて畑へと下り立つ。

広い畑には、さまざまな野菜が植えられている。土の栄養がいいのか、食べきれないほど収穫できる。

木の家に広い畑、完全な自給自足生活。この世界でも、日本と同じ様な食べ物がたくさんあって、それが救いだった。

畑に行き、今日食べる分だけのジャガイモを掘る。ゴロゴロと出てくると、顔がほっこりする。

ああ、よく実っている。これなら村の皆も喜んで物々交換に応じてくれるだろう。その隣に植えてある、そら豆もそろそろ収穫時だ。これは茹《ゆ》でて塩をつけて食べると美味《おい》しい。私は収穫のめどをつけると、次なる目的の場所へと向かう。

「おはよう、モーモー」

牛小屋へ行き、牛のモーモーから搾乳する。鶏のコケ子は今日も卵を産んだ。やったね、それを手にして、家へと戻る。

昨日焼いたベーグルがあったはず。早く食べないと堅くなっちゃうわ。

そうだ、燻製《くんせい》肉も焼いて食べようかしら。塩味がちょうどよくて、焼くと旨味《うまみ》が出てきて、とてもジューシーだもの。レイちゃんは喜ぶわ。

まずは火をおこそうと思い、火打石をかまどに投げいれると、そこから勢いよく火が発生する。

鉄でできたフライパンを火にかけ、物々交換で得た燻製肉を少し火であぶる。

辺りは香ばしい香りが充満したので、窓を開けて空気を入れ替えた。ジャガイモを薄くスライスし、燻製肉をあぶった時に出た油で、それを揚げ焼きにする。

ほどよく色のついた時点で、モーモーから搾ったミルクを入れる。ぐつぐつと煮えてきたら、塩とブラックペッパーで下味をつける。

そして最後に、以前作って寝かせておいた手作りチーズを貯蔵庫から引っ張り出す。ナイフで薄くスライスして、上からふりかけた。

そうそう、火力を強めてコケ子の卵も茹でよう。そう思った時に、次の火打石がないことに気づいた。

そんな時、真っ先に向かうのが、レイちゃんの部屋だ。

部屋の扉を遠慮なく開けて、声をかける。

「レイちゃん、火をつけて」

「ん～」

まだ寝ぼけているレイちゃんに、私の声が届いているのか疑問だ。こんな時は、必殺の台詞《せりふ》がある。

「でないと、ご飯作れないよ」

食べることが大好きなレイちゃんは、この言葉に弱い。そう言った瞬間、レイちゃんの指が動く。

軽くパチンとするだけで、ふわふわと明るい光が飛んで来て、かまどに火がともる。

まるで手品かと思う芸当だけど、私はもう慣れた。——人はそれを魔力と呼ぶ。

この世界に来て、初めて知ったことだ。

「ありがとう」

私はお礼を言って、かまどまで戻った。

もう火打石がなくなってしまった。またレイちゃんに補充してもらわないとな。

卵が茹で上がるまでの間、ジャガイモの皮を剝《む》きながら、ぼんやりと考えていた。

この世界の人々の基本的な暮らしや食べ物は、私達のいた世界と同じ。

だが一つだけ、決定的な違いがあった。

この世界の人間は、生まれながらにして魔力を持っているということだ。村長いわく、生まれた時から、その力の大きさは個々で違うみたいだ。魔力を体から微《かす》かに放つだけで、これといった特技はない人が大半らしい。かと思えば、王族お抱えの魔術師と呼ばれるほど巨大な魔力を持つ人など、さまざまらしい。

最初、村長に説明された時は、何それファンタジーと思い、半信半疑だった。

そんな中、なぜか私の親友レイちゃんは、この世界に飛ばされた時から、あっと言う間に魔力に目覚めた。体中からみなぎる何かを感じるらしい。そしてそれは、巨大な魔力の持ち主の証《あかし》だと思う。だって村の中でも、レイちゃんほど魔力を使いこなしている人は見たことがない。

考えていると、卵が茹で上がったので、お皿の上にそれを盛り付けた。

燻製肉とじゃがいものクリームチーズ煮に、それに昨日のベーグルを皿に添えて、大きな声を出す。

「レイちゃんご飯だよー‼」

「お～今行く～」

何度起こしても反応が鈍いけれど、ご飯ができた時だけ返事をしっかりするレイちゃんは、ちゃっかりしている。

そしてぼさぼさの頭で起きて来て、いつもの挨拶をする。

「おはよ、メグ。今日も朝から、めちゃくちゃいい匂い」

「温かいうちに食べちゃって」

あ、そうだ。

席についたレイちゃんに、忘れないうちに言っておかないと。

「レイちゃん、火打石なくなったよ」

「わかった、これ食べたら作る」

レイちゃんは当たり前の様に返事をした。

火打石とは、そこら辺に転がっている石ころに、レイちゃんが魔力をこめた石。これをかまどに投げ入れると、火が発生するのだ。これはお料理には欠かせない。大変重宝している品物だが、レイちゃんはあっさり作ってしまう。それを知った村の人達も、すごく驚いていた。やっぱりすごいんだな、レイちゃん。

——ん？　私ですか？

私は魔力など欠片《かけら》もみじんもない人間ですが、それが何か？

「今日も美味しかったー、ご馳走《ちそう》様」

私の作った朝ご飯を、レイちゃんはあっと言う間にたいらげた。もう少しよく噛《か》んで欲しいのだけど、早食いは治らないと言い張るので、もうあきらめている。

レイちゃんは朝からとても満足した様子で、顔を洗う。長くてストレートの髪をまとめてサッパリさせたら、頭まですっきりしたみたいだ。

「さーて。働きますか」

「待って、忘れ物」

急いで机の引き出しから布の袋を取り出し、そこに早朝摘んで来たハーブを入れた。

「はい。虫よけ」

「ありがとう」

こうやって袋にハーブを入れて持ち歩くと、虫があまり近寄って来ないと村の人から聞いた。決して進んだ文明ではないけれど、こんな生活の知恵で人々は暮らしているのだ。

それから二人で外に行くと、そこら辺に転がっている小石を拾い集めた。それをレイちゃんが手に持ち、軽くパチンと指を鳴らすと、石が一瞬光る。

「レイちゃん、いつ見てもすごい」

私はその芸を前にして、呑気《のんき》に手を叩《たた》いて声援を送った。

褒められてすっかり気分が良くなったレイちゃんは、火打石をいつもより多めに作ってくれた。

私はそれを蔦《つた》で編んだカゴの中にまとめた。これでしばらくは足りるだろう。

「じゃあ、後は何をしよう？」

「そうね、畑仕事でもしない？　そろそろ収穫時の野菜だってあるし」

私達は毎日、こうやって相談をする。何せ、私達には時間が腐るほどあるのだ。

テレビもなければ、スマホなんて夢のまた夢。そんな世界ですることといえば、畑で土をいじったり近くを流れる小川で釣りをしたり、森で木の実を摘んだり。

夜は夜で満天の星空の下、よく星を観察した。流れ星が一晩で何回流れるか、二人で数えたっけ。流れるたびに隣でレイちゃんが『金・金・金』って早口で願い事を言うから、笑ってしまう。

そんな私達の日常が、あっと言う間に過ぎていって、もう三年になる。私達はそれなりに快適なスローライフを二人で楽しんでいた。

「じゃあ、収穫を始めようか」

ハーブの収穫や作物への水やりを始めようとした時、レイちゃんが空を見上げた。

「鳥が騒いでいる」

レイちゃんの呟きに、私もつられて空を見上げた。本当だ、空に舞う鳥が集団で飛んで、鳴き声までうるさいぐらいだ。いったい、どうしたのだろう。

どこか不安な予感がして、眉をひそめた。

「……何か、上手言えないけど、空気がどこか違う。何かが起こりそうな……」

「え……？」

そのままレイちゃんは口をつぐんだ。レイちゃんは勘がいい。雨が降りそうだとか、そんな小さなことでもよく当てていた。いわゆる野生の勘だろうか。

「じゃあ、今日はもうお家《うち》でゆっくりしてようか」

「うん。それがいい」

私の提案にあっさり了解したレイちゃんの顔を見つめた。その時、レイちゃんの後方から一人の人物がこちらに歩いてくるのが目に入った。

この村の住民ではないと、咄嗟《とっさ》に判断する。だって身なりもいいし、村の人なら全員顔を知っているはずだもの。あれは誰――？

そうして徐々に近づいてくる人物に目が釘《くぎ》づけになる。その場で立ち尽くし、私はその人物を凝視していた。

高い身長に、ほどよい筋肉で引き締まった細身の体。さらさらと風になびく、長めの金色の髪。森の緑を連想させる薄いグリーンの瞳。

その人物は形のよい唇の端を少し上げて、口を開いた。
「——見つけた」
その声を聞いて、私は驚きで目を見開いた。
思わず、隣で呆けているレイちゃんの腕を取った。
「レイちゃん……‼」
逃げて‼
咄嗟にそう思ったのは、本能だと思う。
なぜなら、心のどこかでいつも思っていた。
レイちゃんの魔力の強さは並大抵じゃない。凡人である魔力なしの私でさえわかる。
本来なら、この村にいるべき人ではないんじゃないか？　って、ずっと思っていた。
それこそ王都へ行き、王族を守る魔術師になる、そんなレベルじゃないの？　って。
だ　か　ら　こ　の　世　界　に　き　た　ん　じ　ゃ　な　い　の
私という、おまけを連れて——。
とにかくレイちゃんの存在を、この男性に気づかれたくなくて、必死になる。
彼はきっとレイちゃんを連れに来た人。お願い、レイちゃんを連れて行かないで。
この世界での暮らしも、彼女がいるから楽しく過ごせた。私の大事な家族なの。
引き離さないで——。
訝《いぶか》しむ顔つきのレイちゃんの腕を引っ張り、微笑む男性に背を向けて走り出す。

そうして家の中へと慌てて入った。

その勢いのまま閉めた扉に寄りかかり、私は動揺しながらも息を吐き出した。

「メグ？」

レイちゃんが心配する声も、私の耳には届かない。

しばらくすると、扉が叩かれた。その振動が扉に寄りかかっていた私の背中に伝わり、身を震わせた。

もう、ここまで来たのだ――。

しばらくは背に感じる振動をそのままにしていたけれど、このままじゃ埒《らち》があかない。

観念して扉に向き合うと、そっと扉を開けた。

それと同時に、少し開いた扉の隙間に手がかかった。これは先程の男性の手だろう。大きな、それでいて長い指だと感じた。そのわずかな隙間から、男性の綺麗《きれい》な顔が見える。

先程見たエメラルドグリーンのその瞳は、緑の森を連想させる、とても魅力的な瞳だ。

男性の優しげな微笑みに、口元のホクロが色気を放つ。

「お待ち下さい、順を追って説明しましょう」

男性が静かに、まるで語りかけるかの様な声を出す。その時、背後にいたレイちゃんが私を横に押しやり、つかつかと前に歩み出た。

「いえ、結構です」

そう言うと同時にすごい勢いで、そのまま扉を力強くバーンと閉めた。

これには私の方が度胆《どぎも》を抜かれた。
レ、レイちゃん‼　さすがに相手の男性、驚いていると思うよ‼
だけど相手も負けない。気づけば扉を少しこじ開けて、その隙間に長い足を入れている。

「不法侵入お断り‼」

レイちゃんは、その足に気づかない……。いや、気づいていて、構わず扉を閉めようとしている。

ぐいぐいと追いやろうとするその気迫は、凄《すさ》まじいものがある。なんて強者《つわもの》。

やがて相手の男性は、あきらめて足を引いた。その瞬間、扉がバタンと閉じる。

入口の扉向こうから、先程と変わらない低いトーンの声が聞こえる。

「お願いです、話を聞いて下さい」

「怪しい人物も押し売りもお断り」

レイちゃんが一言でぶった切った。

「私は怪しい者ではありません。少しでいいので、お時間を下さい」

「自分から怪しい人物です、なんて言う奴《やつ》がいるか‼」

「この国の未来にかかわる、大切なお話なのです」

そこで私はおずおずと声をかける。

「レ、レイちゃん。ちょっとだけ話を聞かない？」

そうだ、彼がこのまま引き下がるとは思えない。何の話かはわからないけれど、聞くだけ聞いてみよう。このままじゃ埒があかない。

レイちゃんは露骨に嫌そうな表情を見せた後、少し考えてから口にした。

「メグがそこまで言うなら……少しだけね」

そしてそっと扉を開けると、その先にいた男性は、美麗な顔に、明らかにほっとした色を浮かべた。

「初めまして。私はこの国で騎士たちを束ねる騎士団長のレーディアス・ファランと申します。お会いできて光栄です。そもそも私がここに来た理由をご説明すると、我が国一番の魔術師であるダーラ殿が――」

「長い。もっと手短に。結論を先に言って」

長々と始まりかけた挨拶を、レイちゃんがまたもや一言でぶった切る。

騎士団長だと名乗った男性は、少しもひるんだ様子を見せずに、ひと呼吸置いて続けた。

「この国の王子の、花嫁となる女性を探しています。ぜひ候補として――」

「帰れ」

最後まで聞く前に再び、レイちゃんが勢いよく扉を閉めた。

「メグ、ありえないわ」

「レイちゃん……」

レイちゃんの表情は、これ以上ないぐらいに険しい。

「初対面の人間に、王子の花嫁候補って何よ？　これは夢見がちな乙女を狙っての詐欺よ。それじゃなければ、どんなに顔が良くても、笑顔が爽やかでも、変態かもしれないわ。だとしたら一番危険よ。綺麗なのは表面だけで、裏の顔は何を考えているか、凡人の私達には想像もつかないことを考えているのよ、きっと。趣味は深夜に裸で村探検とか、想像を絶する系かもしれないわ。だから相手を理解しようなんて考えちゃダメ!!　関わらないのが一番!!」

「レイちゃん……」

そう言って彼女は、両腕をさすり始めた。きっと鳥肌がたっているのだろう。

私は扉の向こう側で聞いているであろう男性の反応が怖い。だがしばらくすると、外が静かだと感じた。レイちゃんもそれに気づいたのか、一瞬押し黙る。

「やけに静かだね」

「まさかレイちゃんの発言を聞いて、ショックで帰ったとか?」

首をかしげるレイちゃんと私は、しばらく不思議な気持ちで扉の前に突っ立っていた。

そして足音が戻って来たことに気づくと同時に、トントントンと扉が叩かれる音がした。

「やっぱり来たわね。このまま大人しく帰るわけがないと思ったわ」

レイちゃんと私が息を呑《の》む。それと同時に勇敢なレイちゃんがドアノブに手をかけて開け放ち、一気に叫んだ。

「変態も詐欺行為もお断り……!!　って、あれ!?」

勢いよく開いた扉の先にいたのは、私達の恩人である村長が杖《つえ》によりかかり、膝をがくがくといわせて驚いていた。その姿はまるで、産まれたての小鹿のよう。

「そ、村長~!!」

案の定、レイちゃんが慌てた声を出す。

「わ、わしゃ、ちょこっと話があって寄ったんじゃが……」

「大丈夫⁉　大きな声出してごめんなさい、村長！」

「わ、わしは……、変態か……」

「もー違うってば！　間違ったの、ごめんなさい！　村長すねないで‼」

駆け寄って村長を抱き起すレイちゃんは、その隣にいた男性をにらんだ。

「このままでは、話すら聞いて頂けないと思い、村長に話を通してもらうことにしました」

この男性はともかく、村長を無下にはできない。レイちゃんは二人を、しぶしぶ家の中に招き入れた。……まあ、元はといえば、村長の持ち家だしね。

中に入ったレイちゃんは、二人に椅子を勧めた後、自分も椅子を引いた。そして背筋を伸ばして座り、彼等《ら》と向き合った。強気な姿勢を崩さない彼女の横顔は、凛《りん》として気高い。やや釣り目気味な瞳、真一文字に結ばれた薄い唇は、彼女の勝気な性格がにじみ出ていると思うけれど、とても美人だと思う。

「レイちゃん、私はお茶を淹《い》れるね」

レイちゃんはこの男性にお茶を出すのは渋った様子だったけど、村長がいるならそうはいくまい。お湯を沸かそうと思って火打石をカゴから取り出す前に、レイちゃんが無言でかまどに視線を投げた。

その瞬間、火がついた。

それを見ていた男性の瞳が、驚いた様に一瞬見開かれた。

「いつもここで、メグからご馳走になるお茶がうまくてのう」

「ありがとうございます」

私は村長からお手製のお茶を褒められて嬉《うれ》しくなり、いそいそと用意を始める。

畑で収穫して乾燥させて瓶につめておいたハーブを取り出した。

「で、お話とは何ですか?」

レイちゃんは尖《とが》った姿勢を崩さない。この状況では、誰だって警戒して当たり前だろう。どこか緊迫した空気が流れる中、村長が先に口を開いた。

「お前さんたちが、この世界に来てもう何年になるかの?」

「三年ですが……」

村長が懐かしむかの様な声を出す。村長は、レイちゃんのピリピリした態度にも気づかない。ある意味幸せな人だ。

「もう三年か……。それがの、異世界からの迷い人を保護したら、王都に報告する義務があったんじゃと」

「は!?」

「それがまあ、こんな村にそんな前例がなくての、わしもうっかりしておったわい」

カッカッカと大口を開けて笑う村長だけど、そんな義務は初耳だ。いまさら言われても困るし、私とレイちゃんの間に困惑した空気が流れる。

そこでこの部屋に入って初めて、騎士団長だと名乗った男性が口を開いた。

「この国には時折、異世界の人間が迷い込むことがあります。その人たちは『迷い人』と呼ばれ、国が保護する決まりです。最悪の場合、村長は迷い人の報告義務を怠った件で、罪に問われるかもしれません」

「ちょっと待ってよ‼　村長は何も悪くないわよ‼」

レイちゃんが声を荒らげると、すかさず村長がフォローに回った。

「まあ、そう心配するな。わしゃ、見ての通り、この老いぼれ。先行き短いが、さらに短くなっただけじゃ」

わ、笑えないから、村長‼　青ざめる私の表情を見て、男性はにっこりと微笑んだ。

「――では、私の話を聞いて頂けますか？」

そこで、まるで交換条件だとばかりに、彼は切り出した。

「改めて、自己紹介から仕切りなおさせて頂きます。私は王都で騎士団長を務めております、レーディアス・ファランです」

柔らかな物腰で挨拶をしてくれた騎士団長さんは、新緑色の涼しげな瞳に、さらさらした金の髪。口元にあるホクロが、何だろう、異様な色気を発していると思う。否応《いやおう》なしの美麗なお方だ。黙っていても絵になる人だ。それに騎士団長だなんて、強いんだろうな。

彼に話しかけられる女性は、誰もがきっと、ポッと頬《ほほ》を染めて恥ずかしそうにうつむくのだろうな。何だかすごく想像がつくわ。

その時、目の前に座っていたレイちゃんが、口を開いた。

「……私はレイ」

おおっと‼

こんな滅多にお目にかかれない美形を前にしての、素っ気ないこの態度。女性なら誰もが見惚れると思ったけれど、早速例外がいたよ。

レイちゃんは騎士団長さんの美貌に頬を染めることもなく、もちろん媚《こ》びるわけでもない。あくまでもレイちゃんはレイちゃんらしい態度だった。

「そしてこのお茶を淹れてくれたのが、メグ」

レイちゃんが私の紹介までしてくれると、騎士団長さんは次に、私に視線を投げた。そして微笑と共に軽く会釈をしてくれた。

「で？　その騎士団長様が何の用なの？」

「それが今回、今になって貴方たちを探しあてた理由があります。この世界では、皆が魔力を持ちます。魔力といっても、微々たる力を持つだけで、何の能力も発揮しない場合がほとんどです」

「わしの若い頃はの〜、魔力で火打石を一度だけ作れた。それも一ヶ月かかってのぅ」

空気を読めない村長の、若い頃の武勇伝はまず、スルーしちゃっていいかなー。

これさえなければ、いい人なんだけどな。

「わがガスケード国の王子は、巨大な魔力の持ち主です。まさに突然変異と呼べるでしょう。そしてその王族の力は、子孫にも遺伝する場合が多いのです」

王子様？　そんな雲の上の人の話を急にされても意味がわからない。

「それが私とメグに、どう関係するの？」

「私達は、ずっと探していたのです」

それを聞いた瞬間、私の心臓がドクリと大きな音を立てて、早鐘を打つ。

ああ、レイちゃん。レイちゃんと離れ離れになってしまうのだろうか。嫌な予感がして冷や汗が流れる。

だけど離さないで、レイちゃんは私の大事な親友で、家族なの……!!

役立たずの私とは違って、魔力も絶大なの。その力で王子に対抗だってできるかもしれない。

でも、連れて行かないで……!!

私はどこか死刑宣告を受ける覚悟で騎士団長さんの言葉を待った。

やがて口を開いた彼の言葉は――。

「そしてやっと見つけました。――魔力がゼロの女性を」

その瞬間、彼は私を見た。予想の斜め上をいく答えを聞いて、私は口をポカンと開けた。

「尋常じゃない魔力を持つ王子の血を、魔力ゼロの血で薄めて頂きたい」

「……は？」

キラキラと輝きで眩《まぶ》しい眼差しを騎士団長さんから受け、言葉が出ない。

「わしが作った火打石は、コップ一杯の水をお湯に変えただけで、ただの石に戻ってのぅ」

ちょっと村長、頼むから黙って！　そんな昔話は後にして!!

「ええっと、ですね……」

私は騎士団長さんの言葉を胸で反芻《はんすう》する。魔力が使えるレイちゃんは凡人であるはずがない。この場にいる人物で、一番凡人といえば私しかいない。村長は……まあ、この話からは除外しておく。

しかし、彼が言った台詞は、何それー！　足して二で割りゃ、平均みたいな考えー！　けどそれって、つまり……。

「わ、私には関係ないと思うのですが……」

びくびくしながら尋ねると、騎士団長さんはにっこりと微笑んだ。

「魔力、ゼロですよね？　メグさん」

――それは、眩しくて一瞬目がくらむほどの、実にいい笑顔だった。

「ちょっと待ったー‼」

呆気《あっけ》にとられている私の横で、叫んだのはレイちゃん。素早い反応は、さすがだわ。

「何それ、何それ⁉　今、何て言った？　この国の王子だか、何だかよく知らないけど、魔力が巨大過ぎる？　だから魔力ゼロのメグと結婚したい？　冗談じゃない理由よ‼」

頭に血が上ったレイちゃんは、一気にまくしたてた。

「そんな理由で、許されると思ってる？　そんなの、まるっきり子孫を残す道具としか、見ていないじゃない‼　魔力の遺伝が怖いなら、いっそのこと、独身主義を貫けばいいわ‼」

レイちゃんは騎士団長さん相手だというのに、遠慮がない。とても頼りになるけれど、不敬罪に問われないのか、ちょっとビクビクしてしまう。

「残念ながら王族の血筋を途絶えさせるわけにはいきません。それにまだ、メグさんで決まったわけではありません。魔力の微少な令嬢を集めている最中ですので」

「じゃあ、わざわざメグを探し当てなくても良かったじゃない。王都に帰って、『そんな女性はいませんでした』って報告すれば、済む話じゃないの？」

レイちゃんの鋭い指摘に、騎士団長さんが困った様に眉根を寄せた。

「先程も言いましたが、異世界人は報告義務があります。それに魔力が少なければ、少ないだけ好ましいのです。しかも、私は初めてお会いしました。魔力ゼロだという人間と」

「……そうですか」

どこか珍しいものを見る様だけど、私はこれが至って普通だから。そもそも魔力が強いかなんて、わからないし。

そういえば、レイちゃんが前に言ってた。『魔力って匂いがするんだよ。力が強ければそれだけ香りも強い』

魔力の匂いって何？　口で説明するものではなく、感覚だと言われてしまえば、私にはもうお手上げ。未知の世界だ。

「レイさん、次に質問しますが、どうしてあなたの魔力は……」

「知らない。この世界に来て、いつの間にか使える様になっていた」

「いつの間にか……」

質問した彼は言葉を失《な》くし、何かを考え込んでいた。

「そもそも、あなたの魔力は膨大です。そのレベルでは、王都で保護されるほどでしょう。力を制御できずに暴走した挙句、周囲を巻き込む例も過去にあったそうなので」

「大丈夫だって。そんなにたいしたことじゃない」

「……いや、ここまでの魔力を持つのは稀《まれ》です」

そう呟いた騎士団長さんに、レイちゃんは怪しむ眼差しを向けた。

「で？　単刀直入に聞くけど、私達をどうする気⁉」

「一緒に王都へ――」

「それは無理、断るわ」

レイちゃんが彼の誘いを断った、というよりぶった切った。

「私達、何もわからない世界に二人っきりで迷い込んで、村人たちの厚意と協力があってここまで来たの。この地で生きて行こうと必死に頑張った。この暮らしをあっさり捨てて王都に行って、メグが幸せになる保証なんて、どこにもない」

やっぱり、レイちゃんはすごい。こんな時、レイちゃんは自分の考えをズケズケと言える。

私の考えを代弁してくれる彼女は眩しい存在で、とても頼もしい親友だ。

「そうですか……」

「ええ、そうよ！」

騎士団長さんはそんなレイちゃんの勢いに圧倒されたのか、うつむいた。美麗な顔に陰が落ちる。

やがて少しの沈黙の後、深いため息をついて顔を上げた。

「支度金として、1000ペニー用意しておりましたが――残念です」

「あ、やっぱり行きます」

その瞬間、私はガクッと肩を落とした。

美人で強気で優しくて、言いたいことは遠慮なく言うレイちゃん。

……けど、お金に弱いのが玉にきず。

私が呆然《ぼうぜん》と突っ立っていると、レイちゃんが小声でささやいた。

「メグ、ここは黙ってついて行くしかないわ。わざわざこんな田舎まで探しにくるぐらいだから、相手も大人しく引き下がるとは思えない。普通にしていれば、目をつけられることもないはずよ。さっさと用件を果たして、王都を観光しましょう。そして、すぐにここに帰って来ましょう」

レイちゃんの言うことも、もっともかもしれない。そう思っていると騎士団長さんが提案してきた。

「近々、花嫁候補を選ぶ舞踏会が開かれます。それに出席するため、三日後に出発しましょう」

だけど、私を抜きにして、話がどんどん進んでいくのはなぜ？

どこかうさん臭い笑顔の彼の言葉に、私達は渋々とうなずいた。覚悟を決めるしかないだろう。

「念を押すけれど、私達が王都へ行く条件で、異世界人の報告義務を怠った村長の件は不問ね」

「――ええ」

レイちゃんがしっかりと、言質はとった。恩人の村長には、これ以上迷惑がかけられないと、私は密《ひそ》かに安堵《あんど》した。

「メグ、今から早速準備開始よ」

そう、悩むことは後からだってできる。私達は目の前のやるべきことを、優先してやろう。

「うん、わかった」

私は貯蔵庫に入っていたチーズや燻製肉を引っ張りだし、レイちゃんに声をかけた。

「今夜はご馳走にしようか、レイちゃん」

「そうだね。日持ちしない食料は食べて行こう」

そこで横からじーっと熱い視線を送ってくる村長にも声をかけた。

「村長もいっしょに食べよう！　今夜はしばしのお別れ会だね」

私達が笑顔になっていると、横にいる騎士団長さんにも、レイちゃんが声をかけた。

「せっかくだから、あんたもくる？」

「いいのでしょうか」

「その代わり、体で返してもらうから。ほら、行くよ」

そう言うと私達に背中を向けたレイちゃんの後を、私も慌てて追いかけた。

三人で向かった先は、家の前の畑だった。

「畑仕事ですか」

一瞬不思議そうな声を出した彼に向かってうなずいたレイちゃん。

まさか彼にも手伝わせるつもりなの？

お綺麗な格好をしている騎士団長さんが畑仕事なんて、到底イメージわかない。

「もったいないでしょう、全部掘り出さないと。できることはしてから行きたいの」

そう言ったレイちゃんは腕まくりをすると、彼に向き合った。

「騎士団長、手伝って」

言われた騎士団長さんも腕まくりをした後、レイちゃんからクワを奪った。

正直、意外で驚いた。こんな細身で、上品な振る舞いをするお方が、汗と泥にまみれてクワを振り上げるだなんて、似合わな過ぎて驚く。

「それはそうとレイさんもメグさんも、私のことはどうぞ、レーディアスとお呼び下さい」

「……わかった」

レイちゃんは素っ気なく返事をした。新緑色の瞳を細め、微笑んでいるレーディアスさんの美形が恐ろしいほど眩しいが、レイちゃんには関係ないみたいだ。

「あ、ミミズ」

茶色の物体が、土の中からコンニチワ。

そしてミミズを指さした私を見て、レーディアスさんは声を発する。

「あれが、ミミズというのですか。初めて見ました」

ミミズを初めて見たって？　どんだけお坊ちゃんなのだろう。

変なところで感心した声を出した彼に驚いていると、レイちゃんが顔を上げた。

「あーじゃあ、一つ忠告しておくわ‼」

「何でしょうか」

いきなり両手を叩いて叫んだレイちゃんは、何かを思い出したのか大声で叫んだ。

「昔から、『ミミズにおしっこをかけると、大事なところが腫れる』って言うからね!! 悪戯《いたずら》でも気をつけてよ」

「…………いえ、かけるつもりも、予定もありませんので大丈夫かと……」

この忠告には私自身が度胆を抜かれた。レイちゃんてば、何てことを教えているのだ。

静かに返答した後、押し黙ってしまったレーディアスさんの顔を、私は見ることができなかった。

それから夜は、村長とレーディアスさんとレイちゃんとの不思議な晩餐《ばんさん》会だった。

このメンバーで食事をとっていることが不思議だが、レイちゃんは気にせずに、目の前の燻製肉にかぶり付いていた。

「それ、がっつき過ぎ!! 誰も取らないから!!」

レイちゃんは美人なのに、行動が男前だ。ここは彼女の魅力の一つだと思うのだが、異性から見て明らかに損をしていると思う。

「相変わらずメグの料理は美味しい!!」

だけど彼女の笑顔は、周囲の皆を元気にする。

裏表のないレイちゃんは素直で、思うがままに行動するタイプ。自分に嘘《うそ》がつけないし、曲がったことが嫌い。

だけど口が悪いし、お金にがめつい、行動派で姉御肌。私にはない部分をたくさん持っている。

ありえないほどの大きい口を開けて燻製肉を頬張る姿を見て、周囲も思わず笑顔になる。

レイちゃんは笑うともっと綺麗だと思う。強い生命力に満ちあふれていて、魅力的なのだ。

性格は、活発でエネルギッシュな暴れ馬。これを丸ごと受け入れてくれる男性じゃないと、レイちゃんの気性に負けて火傷《やけど》すると思う。

――いつかそんな男性が、現れるのかしら。

そんなレイちゃんに、優しげな笑みを浮かべたレーディアスさんが、目を細めて視線を送っている。当のレイちゃんは、燻製肉に夢中で気づかない。

それに気づいてしまった私は、反射的に目を伏せた。もしかしてレーディアスさんって、レイちゃんを気に入っている……？

頭に浮かんだ可能性に、私はドキドキしたけれど、もしそうなら、私は注意深く見守るだけだ。

レイちゃんにとってレーディアスさんが害を与える人物なのか、そうでないか。

親友、いや、家族として見極めたい。

ここで彼と出会ったことによって、私達の運命が大きく変わりそうな予感がした夜だった。


そうしてあっと言う間の準備期間の三日は過ぎた。荷物をまとめ、村の皆に挨拶をしてまわる。

「では、行って来ますね」

「すぐ帰ってくるから、それまでの間、牛のモーモーと鶏のコケ子の世話もよろしくね！」

私達がしばらく村を留守にする旨を告げると、村長を筆頭に、皆が寂しがってくれた。

「土産は元気な姿と、都会で流行《はや》っている帽子を買って来ておくれ」

「もー村長ったら、ラビラの帽子ね。はいはい、わかったから」

ラビラというお店の、手編みのおしゃれな帽子が王都で流行っていて、村長はそれがどうしても欲しいらしい。

「確かに村長の頭は薄くて寒そうだしね」

「レ、レイちゃん……！」

正直に口にするレイちゃんに焦った私は、彼女の袖口を引っ張る。村長は気にした風でもなく、終始笑顔だ。

「では、いざ行かん！　王都への観光の旅へ‼」

レイちゃんのかけ声に思わず、『それは違うだろう‼』とツッコミたかったが、ぐっとこらえた。


馬車を走らせること、数日。

最初は初めて乗る馬車に感激してはしゃいでいた。

だけど道が悪いせいか、結構揺れるし振動がくる。そのたびに軽く飛び跳ねて、私なんてお尻が痛くなってきたよ。

そんな中、レイちゃんなんて仮眠を取っている。レイちゃんてばよく眠れるな。

私達とレーディアスさんはそこそこ打ち解けてきたと思う。ここ数日は常に一緒にいるだけあって、いろいろな話も聞けた。

レーディアスさんと同じ空間でしばらく移動した後は、彼の部下である女性が馬車に乗って来て、私達の今後の身の振り方について、詳しい説明をしてくれた。なんでも集められた女性で舞踏会が開かれるらしく、それに出席するみたいだ。

女性相手だと、質問もしやすかった。これもレーディアスさんの配慮だろう。

時間がたくさんあったので、それとなく彼の人柄を聞いてみたところ、レーディアスさんは二十二歳、最年少騎士団長として騎士団を束ねていて、その実力はお墨付きなのだとか。

最初は興味なさそうに聞いていたレイちゃんが、そこで初めて興味を示した。

「ねえ、それって、レーディアスは強いってことだよね?」

部下の女性は、尊敬の眼差しと共に、力強くうなずいた。

レイちゃんは運動神経が抜群にいいのだ。幼い頃からやっていた剣道で、全国大会にまで出場したほどだ。そこまでいけたのは、彼女の筋がいいのと、ひとえに負けず嫌いな性格がゆえだと思う。

そこから先は女三人で、そこそこ盛り上がった旅になった。

腰がだるいし体を伸ばしたい。

たまに休憩は取るものの、体がそう限界を訴え始めた頃、窓からの景色に、大きな城が見えることに気づいた。

立派な城とその城門が見えてくると、本当にここまで来たのだと、ようやく実感が湧いて来た。

心の中にじわじわと広がる感情は、不安や恐れ。だけどここまで来て、そんなことも言っていられない。私はそれを振り払うかの様に、深く深呼吸をした。

馬車が停《と》まると、数回のノックの後、レーディアスさんが顔を出した。

「長旅、ご苦労さまでした」

レイちゃんは声をかけられても気づかずに、ぐっすりと眠りこけていた。

鼻息までスピースピーといっている。こんな状況でそこまで深い眠りに入れるなんて、逆にすごいや、レイちゃん。やっぱり尊敬する。

レーディアスさんは一瞬だけ目を瞬かせて驚いた後、爽やかに目元をほころばせた。

新緑色の瞳が喜びを宿し、そこだけ春風が吹いた様な空気が流れ、それを見ていた私の方がドキリとした。

甘い笑みを向けられているレイちゃんは……よ、よだれがおちそう！

私は慌ててレイちゃんを揺り動かした。

「レ、レイちゃん、起きて」

「んぁ……ご飯の時間？」

そんなわけないでしょうがー!!　さっき立ち寄った街で食べたでしょう。寝ぼけているレイちゃんを見て、レーディアスさんは口元に手を当てて、クスリと笑った。

「レイさん、メグさん、支度ができたら馬車を降りて下さい」

そう言って扉を再び閉めた。もしかして気を遣ってくれたのかな？

レーディアスさんって、いい人だと思う。騎士団長という肩書を持っているので、どんなに偉そうな人かと思ったけれど、優しいし物腰は柔らかだ。

見た感じも爽やかな美形だしね。そんなことを考えながら馬車から降りると、レーディアスさんが笑顔で待っていた。そして一番最後に、部下の女性が降りた。レーディアスさんはそれに気づくと、彼女に声をかけた。

「ご苦労だった。次は彼女たちの荷物を運ぶ段取りを頼む」

「はい」

言われた部下は頭を下げた後、この場から去った。去り際に見えた彼女の頬は赤く染まり、口元には嬉しそうな笑みを浮かべていた。

その様子を側で見ていると、彼女が好意をもっていると、すぐにわかった。

レイちゃんがそれを察したらしく、口にした。

「あの人、あなたのことが好きなのね」

確かに女性と見間違うほど綺麗で、整った顔の造り。瞳を細めて静かに笑うレーディアスさんを見ていると、自分に見惚れる女性が多くいると、自覚しているのだろう。——こりゃ、女性の扱いに相当慣れてるな。

彼の新緑の瞳と、しばし見つめ合ったレイちゃん。しばらくするとレーディアスさんが口を開いた。

「あなたはどうなのですか？」

「へ？」

そんな時、急に話の矛先を向けられたレイちゃんは、素っ頓狂な声を出す。

「――あなたには、そういったお相手はいるのですか？」

「私？」

レーディアスさんの視線を、若干間抜けな顔をしたレイちゃんが受け止める。

心地よい風が吹いて頬をなでる。レーディアスさんの涼しげな目元から放たれる熱い視線を感じて、側で見ている私の方が、ドキドキと胸が高鳴った。レイちゃんは何て答えるのかしら。

「ひみつ」

レイちゃんは、ぶっきらぼうな一言で終えた。きっと、面倒だから適当に答えているのだろう。

そのまま、苦笑するレーディアスさんに背を向けた後、レイちゃんは軽く伸びをした。


そしてそこから先はあっと言う間だった。私が心の準備をする前に、物事は全て進んでいく。

空まで続いているかと思うほど高い城壁の側に寄り、私は驚愕《きょうがく》して口を開けた。

高くそびえ立つ城門の前まで来ると、見張りの兵士らしき人がいた。

レーディアスさんの顔を見て敬礼をすると、あっさりと通された。さすが、顔パスというやつだろう。そして、レーディアスさんの案内の元、しばらく足を進めた――。

こ、これがお城というもの……。

私は初めて城という建物を目の前で見て、口を開けて固まっていた。

高くそびえ立つ壁に、部屋の数がいくつあるのか想像すらつかない。白亜の城壁に絡まる緑の蔦が、優美な造りを思わせる。城の正面には大理石を用いた彫刻や噴水、その脇は美しい花々で彩られていた。

隣に立つレイちゃんも、さすがに驚いて言葉を失くしていた。

「すごいね」

「うん」

しばらくすると私達は、言葉少なに会話した。ただただ、城の大きさに口をあんぐりと開けていた。

そんな私達を横で静かに見守っていたレーディアスさんが、声をかけてきた。

「早速ですが、メグさんは私と来て頂きます。レイさんは部下が案内します」

えっ⁉　レイちゃんと離れる？

想像していなかった事態に私は動揺する。するとすかさず横から、

「どういうこと⁉　私とメグを離して、何の得があるわけ？」

レイちゃんが先に声を荒らげた。それを聞き、私は横で冷静になろうと努める。

「メグさんは先に私と城に行きます。そしてレイさんは、いったん訓練所まで来て頂きます」

「は……？」

「あなたの魔力を測定したい。その魔力に危険があるのか、暴走する可能性があるのかを、知るためです」

「私は暴走しない」

レイちゃんが堂々と宣言するけど、その発言通り、彼女は自分の能力に自信があるのだ。それは決して過信ではない。村で過ごした三年間は、暴走したことがない。むしろその力を上手くコントロールして、使いこなしていたと思う。

「ええ。私が見る限り、上手く制御できていると思いますが、念のためです。それに、巨大過ぎる魔力を上手く扱えないお方も身近で見ているので……」

「え……？」

「いえ、何でもありません」

レーディアスさんの呟きを上手く拾えなかったけど、何て言ったのだろう。

次にレーディアスさんは、後方にいた部下に、すかさず視線を送る。呼ばれた部下は一歩前に出ると、レイちゃんに説明を始めた。それを聞いたレイちゃんは納得した様で、肩をすくめて私に向き合った。

「じゃあ、メグ。ちょっと行ってくるわ。またね」

そう言うとレイちゃんは、あっさりと背中を見せて去って行く。少し寂しい気持ちになりながら、私はその背中を見送った。レイちゃんと離される不安が、表情に出ていたと思う。

「大丈夫です、すぐに合流できますので」

そう言われたので、舗装された城までの道のりを二人で歩いた。私が手にしていた小さな荷物を、レーディアスさんはすかさず持ってくれた。さすが紳士だ。

城の脇道には花が咲き、その香りが鼻腔《びこう》をくすぐる。雑草一本はえておらず、綺麗に咲き誇っている。

レンガ造りの道のりを、緊張しながら歩いていると、隣から声がかかった。

「この世界の人間は誰しも、その身に魔力を秘めております。訓練次第で強くなる場合もありますが、ほぼが生まれつきの才能でもあります。魔力を身に秘めていても、何の能力もなく、そのままで人生を終える場合がほとんどです。また、若い頃にだけ使える場合もあります」

『わしの若い頃はの～、魔力で火打石を一度だけ作れた。それも一ヶ月かかってのぅ』

私は村長の言葉を思い出した。そう考えると、村長が一ヶ月かかって作った火打石を、ものの数秒でポンポン作りあげるレイちゃんの力は、相当強いのだろう。

わかりやすく丁寧な説明に納得した私は、静かにうなずいた。ふとレーディアスさんは、私に視線を向ける。

「そんな中、メグさんはまったくと言ってもいいほど、魔力を感じません。これはある程度の魔力を持つ人間なら、誰もが気づくでしょう」

「そんなに珍しいのですか？」

「ええ、私は初めて見ました」

魔力がなくて珍しいと言われても、どことなく微妙。だって、自分が無能かの様な気がしてくる。

努力して、どうにかなるものじゃないのなら、これはしょうがないのだろう。

しかしなぜだろう？　異世界人だから？　もしそうならレイちゃんだけが特別なの？　考えても

わからない。

レイちゃんは類まれなる魔力の持ち主で、私は凡人。つまり――そういうことだ。

「ですが、そのおかげで、こうやって二人に出会うことができた。だから私は感謝しています」

微笑むレーディアスさんだけど、見つめられたらドキッとする美貌だ。それこそ、勘違いしてしまう女性はたくさんいると思うんだ。

「そもそも、魔力の少ない女性を見つけ出すのは、難しいことです。だから、メグさんの発見が三年と遅れたのです。透視能力のある王宮魔術師が、強い魔力を見つけた後、メグさんにたどり着いたのです」

「それって……」

「レイさんが側にいたおかげです」

レイちゃんを見つけた後、側にいる影の薄っぺらい私の存在に気づいたということですね。

「そもそも、なぜそんなことまでして必死になっているのですか?」

「そうですね、当事者であるメグさんには、詳しい説明をする必要が、大いにありますね」

レーディアスさんは、私に詳しく話してくれるみたいだ。私も心して聞こうと、背筋を正した。

「我が国の第一王子ですが、この方の魔力が巨大だと言いましたよね? 元より王族は魔力が強いのです。そして稀に、大き過ぎる力を持って生まれることがあります」

あれ、何だろう。レーディアスさんの瞳はにこやかに笑っている様で、笑っていない……?

「その名はアーシュレイド殿下。巨大な魔力を持ち、その血は遺伝する確率が高いのです。ですから強過ぎる魔力の血を薄めてくれる女性を探しているのです」

「それって中和剤的な役目ですよ……ね」

「ええ」

はっきり言い切ったー!! この人、はっきり宣言したよ!!

「ですが、私が選ばれることは、確率的には低いのですよね? 舞踏会に出席するだけでいいのですよね?」

「ええ、最初はそうです」

きっぱりと言い切ったレーディアスさんの答えに、私はほっと胸をなで下ろした。

私以外にも大勢集まると聞くし、万が一にも目に留まる確率は低いだろう。それに、もしかしたらもう本命は決まっているのかもしれない。盛り上げるための出来レース用の人物その一として呼ばれたのかも。そうとでも考えなきゃ、私がここにいることがおかしいわ。違和感ありまくりだもの。

なら舞踏会に出席するだけで1000ペニーもらえて、なおかつ王都観光つきの旅だと思うことにしよう。

その方が楽しみだし、何より気が楽だ。

私のホッとした表情を見たレーディアスさんは、苦笑する。

「ただし、殿下の出方によっては、どうなるのかわかりませんとだけ、お伝えします」

「それはないですよ」

まさか王子の目にとまるなんて、ありえないわ。美人で行動が豪快なレイちゃんならまだしも、私はどこにでもいる様な、目立つことのない脇役タイプですから。

「メグさん、出生や身分など関係なく、一国の王子のお相手に選ばれることもあるかもしれませんよ？　それを夢見ている女性も、世の中少なくはないですよ」

「いえいえ、私は無理ですから」

微笑しながらも私をからかってくるレーディアスさんと、談笑して終わる。うん、すぐに帰れるはずさ、きっと！　私が彼の緑の瞳を見つめて微笑むと、彼はまた背を向けて、前を歩き出した。

しっかし、庭園を歩くレーディアスさんの姿はとても様になっていて、調和のとれている図だ。彼の瞳もこの庭園と同じ緑だからかな、そんな風に呑気に考えていた。

「ああ、そうだ」

「はい？」

前を歩くレーディアスさんが、いきなり足を止めた。

「――そういえばですね、メグさん。言い忘れていたことが一つあります」

「何でしょう？」

レーディアスさんが背を向けたまま、先程より少しだけ低い声を発した。何だというのだろう。だが特別、大したことではないのだろう。

『焼き菓子は、フィナンシェとマドレーヌのどちらが好きですか？』そんな軽いニュアンスに似ているもの――。

彼は背後にいた私に、ゆっくりと振り返った。そしていつもの様に微笑んだ後、静かに告げた。

「アーシュレイド殿下は、魔力を制御できません」

「は？」

「感情が高ぶると、時折暴走します」

「そ、それって……」

さらっと伝えてきた彼の今さらな告白を聞いて、私は冷や汗が流れ出た。陽気な空、雲一つない快晴。あれ、おかしいな、なぜに寒気がするのだろう。

「部屋を一つ破壊される程度なら可愛いのですが、幼い頃は本当に苦労しましたよ。国宝が飾られている美術部屋が崩壊した時は、教育係のセバス殿の髪が、心労で抜け落ちたほどです」

「え、あの……それ」

「人は彼を【破壊の王子】と呼びます」

――それは決して言い忘れてはいけない、重要なことでしょう!!

そう叫びかけた時、私の視界の先の遥《はる》か遠方から、物凄い轟音《ごうおん》と共に、周囲に爆発音が鳴り響いた。

「なっ……!!」

音の聞こえた方向を凝視すると、城の一室の窓ガラスが割れ、そこから黒い煙が激しく噴き出している。

「あ、あれは……？」

突然の出来事に、私は目を見開く。

火事!? 爆発!? 何かの事故!? 煙が出ているなら、火種があるはず。だったら早く消さないと!!

「み、水、水!!」

焦りながらも爆発したと思われる窓を指さしながら、レーディアスさんに向き合った私。それとは反対に、レーディアスさんは冷静な様子で、ため息を一つついた。

「またですか」

「へ……」

その言い方に、どこか引っ掛かりを感じる。そもそもレーディアスさんは、なぜこんなにも落ち着いているの!?

「魔力が暴走なされたのでしょう」

「は……」

そ、それってつまり……。

私は首をガクガク震わせながら、城をそっと振り返った。

割れて破片の飛び散った窓、部屋の中はまだくすぶっていると思われる、黒い煙がもうもうと吐き出され続けている。

「あ、あそこは……?」

「アーシュレイド殿下は、今はあそこにおられますね」

しれっと言うレーディアスさんに、思わず頬が引きつった。

「大方、舞踏会が嫌だとか、駄々をこねているのでしょう。私が留守にしている間に、少しは気が変わるかと思いましたが、そうではないらしい。まったく嘆かわしいことです」

「………」

開いた口が塞がらないとは、まさに今の状態だ。

「ですが、最近では魔力が暴走する前に、結界を張ることを覚えられたので、ケガの心配はご無用です。――内面は優しい方なのですよ」

や、優しさが、まったく伝わらない!!

「わ、私……帰らないと!!」

これは王都観光も1000ペニーもいらないから、一目散に退散するに限る！　危ないものには近寄らない！　命大事に！　これ本当！

あたふたと踵《きびす》を返した私の肩が、大きな手でがっしりと摑《つか》まれた。

「メグさん、どこへ行かれるのですか？　そちらの方向ではないですよ」

焦る私とは対照的に、レーディアスさんは微笑みながら首をかしげる。

「む、村に帰らないと!!」

「ははは。メグさんは、冗談がお好きだ」

レーディアスさんのこと、爽やかでカッコイイと思っていたけど、それは見た目だけで、とんだ策士だった！　騙《だま》された、騙されたよ――！　誰か助けて！　レイちゃ――ん!!

これは絶対計画的でしょう!!　これを告げるために、私とレイちゃんを離したんだ。

私は一人にされた真意をようやく悟った。

いきなりこれを知ったら、レイちゃんはきっと怒り狂う。そして強大な魔力を持つレイちゃんは、私が嫌だと言ったら、全力で村まで連れ帰ろうと決行するはず。

例え、雨が降ろうと槍《やり》が降ろうと血の雨が降ろうとも……。想像するだけで、何が起こるか予想がつき過ぎて怖い。この人もそれを見越したんだ!!

「私、何を言われても村に帰ります……!　だ、だってコケ子とモーモーが私を待ってる!　お腹《なか》を空かせている!　餌をあげないと!!」

「鶏も牛も、村長宅にお願いしたじゃないですか」

「で、でも……」

私は次なる口実を、必死で考える。瞳をさまよわせる私に、レーディアスさんの薄い緑の瞳が細められ、口元に弧を描いた。

「そこまで気になる様でしたら、今度、会わせて差し上げます」

「え、え、ええ」

「メグさんの食卓に上がりますよ」

い、意地悪だぁぁぁぁぁ!!!

レイちゃん!!　この人、意地悪だったよ、優しいなんて嘘!

やっぱり初対面の人間を、そう簡単に信用しちゃいけないんだ。世知辛い世の中は、日本も異世界も一緒なんだ!!

顔面蒼白《そうはく》になった私に、レーディアスさんは、少しだけバツの悪そうな顔を見せた。

「すみません、メグさん。冗談を言い過ぎました」

「じょ、冗談!?」

う、嘘だ！　さっきのは絶対本心だったね！　私はもう騙されないからね！

「しかし、そう悪い状況にはならないと、私が約束をします」

「どうしてそう言えるのですか？」

「勘です」

根拠のないことをあっさり断言してきた彼に、肩をガクッと落とした。

「私の勘が当たり、殿下が一言却下と言えば、すぐに帰れるじゃないですか。大金を手にして」

「うっ……!!」

「村長や村の皆も、お土産を待っていらっしゃるでしょう？」

――そうして私も甘い誘惑に負けた。

レイちゃんのことを言えない、お金に弱いのは、私もだったみたい。

それにここまで来て、絶対帰してもらえないだろう。そう断言できる。

「さあ、メグさん。お部屋に案内しますよ」

そう言って見せた、レーディアスさんの爽やかな笑顔が、今になって憎たらしい。この顔に騙されたよ！

私は先程までの足取りはどこへやら。とぼとぼと重い足取りを引きずって、レーディアスさんの後をついて歩く。いつか仕返ししたいリストに彼の名を刻みながら、その広い背中を恨みがましく見つめていた。

城内に入り、レーディアスさんの案内の元、廊下を進んでいた。広い通路、敷き詰められた高級な絨毯《じゅうたん》に、居心地が悪く感じられる。

私はなぜこんな場所を歩いているのだろう。村の畑で収穫して、こんな天気のいい日は川で張り切って洗濯をしていた日々が懐かしい。コケ子とモーモーは元気にやっているだろうか。

帰りたいな……。

「レーディアス様!!」

感傷的になっていると背後から、誰かが呼び止める声が聞こえた。

振り返るとそこには、ウェーブになっている金の髪が腰まで長く、白い肌に、ほんのり赤く染まった頬。パッチリとした二重瞼《まぶた》に長いまつげの、小柄で可愛らしい女性が立っていた。

「レーディアス様、ようやくお会いすることができましたね」

女性はレーディアスさん目がけて一直線に、喜んで側に近寄ってくる。彼女の表情は眩しいぐらいに晴れやかで、その様子から彼に恋をしているのだと感じた。そして、私のことなど視界の隅にも入っていないだろう。

しかしそれに対してレーディアスさんが、一瞬眉をひそめたのを、私は見逃さなかった。

「申しわけありません。勤務中ですので」

「そんな……レーディアス様。次はいつ頃会えますの？」

「運が良ければ、こうやってまた会えますよ」

「私が言いたいのは、そういうことではなくて……!!」

彼の対応は驚くほど、冷ややかだ。

瞬時に顔が強張った女性を見て、修羅場の予感がする。そして、巻き込まれてはいけないと、私は三歩後ろに下がる。

よし、レーディアスさんがどんな男性か見極めるべし。――レイちゃんの将来のためにも。

そして私は見物を決め込むことにした。

「お誘いしても、いつもつれないお返事ばかり。私、もう待ち焦がれましたわ」

「そうですか。焦げるまでとは大変です」

レーディアスさんは爽やかな笑顔を浮かべてはいるが、目が笑っていない。

目の前の女性を面倒だと思っているのが、すごくよくわかる。

やがてため息を一つつくと、うつむいている女性に声をかけた。

「私と関わる時間がもったいないですよ。花が散る前に、お気づきになられた方が賢明です」

「……っ」

今の一撃は、相当痛いと思う。そう言われた女性は、涙をこらえながらも走り去った。ほんの一瞬の出来事に私は唖然《あぜん》としながらも、その姿を見送った。

「さぁ、行きましょう」

そして何事もなかった様に、颯爽《さっそう》と歩き始めるレーディアスさんに、思わず言ってみた。

「冷たいのですね」

「そうですか？」

やはり、優しそうに見えて、この人は侮れない。本当の性格を見極めるには、まだまだ時間が足りないと感じる。

「下手に優しくしては、相手に期待を持たせるだけになります。こうするのが、一番の解決策です。後しばらくすれば、彼女は自分に相応《ふさわ》しい優しい男性の隣で、にこやかに笑っておられるでしょう」

にっこり微笑むレーディアスさんを見ていると、つい口から出てしまった。

「何と言いますか、知り合った女性の大半は、虜《とりこ》にしていそうですよね」

「まさか、そんなことはないですよ」

そう言って笑う顔からは、色気が駄々漏れしている。これでモテないわけがない。そんなことを言ったら、本当にモテない男性はどうなるのだろう。ただの道端の石ころ以下になるだろう。

「そんなレーディアスさんが本気で好きになる女性とは、どんな人なのでしょうね。見てみたいです」

思わず口から出た私の本音を聞いたレーディアスさんは、口端を軽く上げた。

そして私達は無言のまま足を進めた。

長い廊下をしばらく進み、角を曲がると、一室の前に人影があった。どうやら壁に寄りかかっているみたいだ。私がそれに気づくと相手も気づいた様で、壁からパッと離れた。

「あ、来た来た‼　メグー‼」

レイちゃんの声だ。私に気づいて手を振っている。少しの間離れただけなのに、その姿を見てホッとするなんて、私はレイちゃん依存症かもしれない。

「レイちゃん」

その時、私は隣を歩くレーディアスさんの顔をそっとのぞき見る。レーディアスさんは、レイちゃんを視界に入れた後、一瞬口元をほころばせた。そして新緑色に輝く瞳に宿る色が、優しくて甘い感情を示していたのを、感じ取ってしまった。

決定的な瞬間を見てしまった気がして、私は慌てて前を向く。

もしかして、いや、やっぱり、レーディアスさんってレイちゃんのこと、気に入ってるの……？

だって、先程会った女性とは、対応がものすごく違う。

それに、すっごく優しげに目元をほころばせたこと、自分で気づいていないのかな？

私の予感が当たるのか、これから見極めが大事だ。レーディアスさんの気持ちも、人柄も。

「良かった、遅かったから、心配していたんだ」

何にも気づいていないだろうと思われるレイちゃんは、いつもと同じ明るい声を出す。

「レイちゃんこそ、早かったんだね」

「うん、あっと言う間だったよ。楽勝」

魔力を測るとか言っていたけど、案外簡単だったみたい。後でじっくり話を聞こう。

「私はすぐに解放されたんだけど、ここがメグの部屋になるって聞いて、扉の前で待っていたんだ。私の部屋は隣だよ。私も部屋に戻って着替えるわ。そしたら、またくるからね」

「うん」

そうして私達の会話がひと段落ついた頃、レーディアスさんが微笑みながら口を開いた。

「レイさん、無事に終わりましたか」

「あ、レーディアスもいたのね」

レイちゃんが驚いた様に片眉を上げた。

今気づきましたというストレートな言い方に、私はギョッとする。私の隣に立つ彼に、気づかないなんて……。こんなに目立つ人なのに。よほど私しか目に入っていなかったらしい。それに対するレーディアスさんが気にした様子を見せないのが、せめてもの救いだ。

「じゃあ、今から着替えに戻るわ」

「うん、わかった。私も汗をかいたから着替えるわ」

レイちゃんが忙しそうに踵を返す。せっかちな彼女は、早く着替えて私と合流したいのだろう。

私も話したいことがたくさんある。

「あ、それと……」

数歩進んだところで、レイちゃんがクルリと振り返る。

「レーディアス、メグの着替えをのぞいちゃ駄目だからね‼」

真面目に言うレイちゃんだけど、何を言い出すのか。むしろ私より、レイちゃんの着替えの方に興味があるだろう、レーディアスさんは。

笑いながら手を振って部屋に戻るレイちゃんを、隣で並ぶレーディアスさんと見送ると、彼が口を開いた。

「レイさんは、いつでも天真爛漫《らんまん》ですよね」

「ははは」

少し呆《あき》れた様に言うレーディアスさんだけど、自分で気づいてる？　ずっとレイちゃんを目で追ってるよ。そして嬉しそうだよ？　さっきの女性を相手にした時とは、まるで違う表情をしているよ？

これは、今後も注意深く観察する必要があるな。だって、大事な親友に関係することだからね！

第二章【メグ】 舞踏会での出会い

そうして翌日から私達は早速、舞踏会に出席する準備を進めた。といっても、体のサイズを測っただけで、後は特にすることもない。だいたい数えきれないほどの出席者がいるらしいので、私なんて視界の端にも入らないだろう。

それが終わるとレイちゃんはレーディアスさんと共に、騎士団の訓練の見学に行った。体を動かすことが好きなレイちゃんだもの。興味があったのだろう。私も誘われたけれどあまり興味が湧かないので、断った。

その結果、私だけ暇を持て余してボーッとした時間を過ごしていた。

こんな大きな城では、どこへ行っても人と会うので、正直疲れる。もっとも、行動できる範囲は限られているので、とても窮屈だ。

そんな時は、ぶらぶらと庭園を歩いていた。ここだけは行動範囲を制限されてはいなかったのだ。

ふと顔を上げると、庭の裏手の方にある建物が視界に入った。それはひっそりとそこに建ち、先日見つけて気になっていたのだ。私はあまり深く考えずに建物を目指した。

しばらく歩くと、レンガ造りの建物が目の前に現れた。天井部分だけガラス張りになっているので、日当たりは抜群だと思われた。

何だろう、この建物は、小さな温室みたいだ。壁はレンガ造りなので、中を見ることができない。

――中を見たいな。

そんな思いで、何も考えずにドアノブに手をかけた。その直後に、思いもよらない手ごたえを感じて、思考が止まった。

「……」

開いているのだ、扉の鍵が。……つまり今なら中を見ることができるのだ。

私は迷った挙句、そっと扉を開けた。少しだけ、ちょっと見るだけならいいよね。

「わぁ素敵」

ドキドキしながらも足を一歩踏み入れた瞬間、鼻につくのは清々しいハーブの香り。種類ごとに丁寧に分けられ、植えられたハーブたちは伸び伸びとして見えた。足元にはレンガが敷かれ、ガーデンテーブルまで設置されてある。脇を見ると、木でできた棚が設置され、そこにも鉢に植えられたハーブがずらりと並んでいた。一面に広がる緑の光景に、思わず感嘆の声が出る。ここはハーブガーデンみたいだ。爽やかな香りに包まれて、私は一度目をつぶると、大きく息を吸い込んだ。

私の畑にはない、たくさんの種類のハーブたち。これだけ栽培していたら、管理が大変だろうに。

私はハーブが好きだ。村にいた時は、畑の一角に狭いながらもハーブガーデンを作っていた。

レイちゃんは、食べられないじゃないの、と最初は渋った。だけどハーブを乾燥させて部屋に飾るとよい香りもするし、虫よけにもなると知ってからは、栽培を手伝ってくれる様になった。

つい先日までそうしていたのに、何だかすごく懐かしく思えてしまう。きっとそれは、私が土に触れていないからだろう。ああ、土いじりが懐かしい。

だからついふらふらと、この建物へと足を向けてしまったのは、本能で土の匂いを感じとったからかもしれない。

きっとここは、城内で使用するハーブを栽培しているのだろう。

だが、鍵が開いているのは不用心じゃないのかしら？　自分で忍び込んでおいて、そう思う。

高級な値のつくハーブもあるし、万が一にでも悪戯で荒らされたら大変だ。もっとも、こんな場所に建ててあるので、誰もそんなことをする人はいないか。そう思った矢先――。

「誰？」

その声に思わず、ビクッと肩を震わせた。鍵が開いているということは、誰かが中で作業していたのだ。恐る恐る振り返るとそこにいたのは、一人の女性だった。

化粧っけのない顔だけど、とても美しいと感じた。そう、生命力にあふれた女性という感じだ。年齢は私より十歳ほど上だろうか。

「ここは立ち入り禁止よ」

「ご、ごめんなさい！　鍵が開いていたので興味本位で、つい入り込んでしまいました」

「鍵？」

女性は怪訝《けげん》な顔をした後、思い当たった様で、うなずいた。

「私ったら、閉め忘れていたのね。誰もここへは近づかないものだから、うっかりしていたわ。それじゃあ、私が悪いわね。お嬢さんは、どうしてここへいらしたのかしら」

「あの、温室の様な建物が気になって、そして扉を開けたらハーブの香りがしたので、つい……」

「まぁ！　あなたもハーブが好きなのね！」

「ええ。人によって好みもあると思いますが、心が落ち着きます」

私は周囲をキョロキョロ見渡すと、一面に植えられているハーブたちに、感嘆の声を上げる。

「ああ！　あそこはレモンバーム‼　あっちにはカモミールまで！」

私はいつしか興奮していた。そんな私に最初は驚いた様子を見せた女性は、クスリと笑った。

「私の自慢のハーブガーデンよ」

「あ、すみません。いきなり騒いでしまって」

私の、ってことはここの管理人さんなのだろうか。見れば、土作業用の大きな帽子にエプロンに手袋。長い黒髪を、邪魔にならない様にまとめている。この装備は完璧だわ。

「私はメグです。実は私もハーブが好きで畑で育てていたのですが、ここまでたくさんの種類のハーブを見て、ちょっと興奮気味です」

「そう言ってもらえて嬉しいわ。私はミランダよ。どうぞ、心置きなく見て行ってちょうだい」

ミランダさんは、柔らかな笑みを浮かべてくれた。

優しい言葉に甘えた私は、それからじっくりハーブを眺め、その香りを楽しむことにした。

「あなたみたいに若い娘さんなら、綺麗な花の方が好みではなくて？」

「華美さはなくても、心癒されるハーブが好きなのです」

私がそう答えるとミランダさんは、嬉しそうに微笑んだ。

少しの時間だったけれど、心が癒された。やっぱり閉じこもっているだけじゃなくて、少し行動範囲を広げて良かった。

「実は私、舞踏会に出るために村を出て来たのですが、ここのおかげで緊張が和らぎました」

「まぁ、やっぱりあなたもそうだったのね」

ここでミランダさんが、驚いた声を出した。

「今は舞踏会のために多くの女性が集められているって話だし、あなたもそうかも、って思っていたのよ。だけどね、その女性たちとは雰囲気が少し異なって感じられたから、もしかして違うのかしら？　と、半信半疑だったの」

「……はは」

ミランダさんの言葉は的確に突いてくる。何のとりえもない私、特に目を惹《ひ》くほど美しくもない私が、花嫁候補を選ぶという舞踏会に出ること自体が異質なのだ。私はそのことを思い出し、憂鬱な気持ちになった。

「自分でも舞踏会に出るのは場違いだって感じていました。なぜ目立つわけじゃない私が、この場にいるのかと考えたら、少し苦痛になってしまったのです」

私はため息と共に、想《おも》いを吐き出した。ミランダさんは一度だけ瞬《まばた》きをした後、ゆっくりと口を開いた。

「ねえ、メグさん。――例えばそうね、あのハーブを見て」

ミランダさんに指さされた先にあった場所には、ハバルという名の、緑の葉が生い茂るハーブがあった。

「ハバルは目立つほど大きな花をつけるわけでもないし、美味しい実がなるわけじゃないわ。だけど、その香りの作用は絶大な効果があるわ。人の心を落ち着けたり、虫よけになったり、お茶にもなるわ。優秀なハーブよね」

「ええ、本当にそう思います」

ハバルは市場にもあまり出回らなく、結構な値段がつく、大変貴重なハーブだ。大きな花はつけずとも、何より、爽やかないい香りがする。

「それは人にも言えると思うの。パッと見て、目立つわけじゃないと、メグさんは自分で言うけれど、誰にだって秀でている部分はあるはずよ。あなたは、自己評価が低い様だけれど、今のままのあなたを慕ってくれる人だっているのでしょう？」

そう言われて真っ先に顔が浮かぶのはレイちゃんだ。彼女は私のことを大好きでいてくれる。その真っ直《す》ぐな感情を疑ったことは一度もない。

「その人たちのためにも、自分の評価をそんなに下げてはダメよ。もっと上げていかないとね」

ミランダさんの美しい顔は、笑うとえくぼも出て、もっと素敵だ。つられて笑ってしまう。

「じゃあ、そうね。メグさんには特別に贈り物を渡すわ」

「えっ……」

「ちょっと待ってね」

そう言うとミランダさんは奥の棚から、一つの鉢植えを手にして来た。その鉢には、緑色のハバルの苗が植えてあった。

「これを差し上げるわ」

「えっ……」

受け取った鉢植えと、ミランダさんを思わず二度見する。私は目を丸くして驚いた。ハバルは珍しく、大変貴重なハーブなのだ。それをなぜ私に――。

「これをね、大事に育ててちょうだい。ここの温室に置いて、面倒を見てくれないかしら?」

「私が……ですか」

「ええ。これはね、落ち込んだ時など、心が安らぐ香りのハーブよ。部屋に飾ると、部屋中に香りが広がるわ。それに緑で癒されるでしょう。元気を出して」

私は迷った挙句、ありがたく受け取ることにしてお礼を言った。

そしてハバルの枝を一本、パキッと折ると、それを部屋に飾ることにした。少し触れただけでも、手にはハバルの爽やかな香りが染み付いた。人によっては香りがきついと感じるかもしれないけれど、私はすごく好きな香りだ。

「いつもはここに鍵をかけているのだけど、鍵は温室の前に並んでいる一番大きな鉢植えの下に隠してあるの。だから、それを使って、好きに見にいらしてちょうだい。人に見てもらえる方が、ハーブたちも喜ぶわ。もちろん私もね」

「とても嬉しいです。ありがとうございます」

この鉢植えをもらったということは、遠回しにこの温室にいつでも来ていいということだ。弱音を吐いてしまった私のことを、気遣ってくれたのだと思う。

「じゃあ、メグさんが話してくれたから、私も悩みをお話しするわ。――内緒よ」

急に真面目な顔になり、声を潜めたミランダさんに、私も息を呑んで耳を近づけた。

「私はね、ハーブの栽培が得意なのだけどね……」

「はい」

神妙な顔つきのミランダさんから、私は何を言われるのだろう。想像するだけでドキドキしていると――。

「料理がまったくダメなのよ」

予想外なことを言われた。

それも真面目な顔で言ってくるものだから、つい噴き出してしまった。

料理が苦手だといえば、レイちゃんもそうだ。彼女は料理に使う火打石を作るのは得意中の得意。だけど、料理に関してはまったく駄目だ。卵を一つ茹でるにしても、なぜか爆発させてしまったりと、どうしてここまでできる⁉ と不思議になるほどだ。だから自然と料理は私の仕事になり、料理に欠かせない火打石作りはレイちゃんの担当になった。

そうだ、得意分野は人それぞれだから、足りない部分は助け合い、補って行けばいいのだ、私もレイちゃんも。

そう考えたら胸の内が徐々にすっきりしてきた。

「ありがとうございます、ミランダさん」

心が晴れた気分で私はお礼を言った。

「私は何もしていないわ。それに、あなたは素敵よ。もっと自信を持つといいわ」

真正面から褒められて照れてしまうけれど、すごく嬉しい。ミランダさんに会えたことで、王都に来て良かったと思える私ってば単純だ。

「では、私はそろそろ行きます。本当にありがとうございました」

これ以上、ミランダさんの邪魔をしてはいけない。きっとこれからも作業に力を入れるのだろう。彼女の気合の入った格好を見れば、すぐにわかる。

「ええ、また来てちょうだいね」

「はい。ハバルのお世話に来ます」

ミランダさんにそう言われて嬉しいと同時に、少し複雑な気持ちになる。だって私は舞踏会に出た後、村に帰るのだから。だけどそれは告げずに挨拶をして、私は心癒されるハーブガーデンを後にした。


そしてついに迎えた、舞踏会当日。

一人では心細いので、レイちゃんに同伴してもらい、舞踏会へ出席するのだ。だいぶ緊張するけれど、これが終われば、私達は自由の身！　晴れて大金を持って村に帰れるのだ。村長への土産のラビラの帽子も忘れずにね！

私は侍女から渡されたドレスに袖を通す。

用意されたドレスは薄いクリーム色の可愛らしいデザインだった。

胸元と袖口には可憐《かれん》なレースがあしらわれてあって、ウエストラインから足元へとふんわり広がった、柔らかな印象のドレスだ。髪は丁寧に編み込まれ、まとめてアップにし、花のコサージュで飾られている。とても華やかな仕上がりだ。

自分自身を着飾ると、やはりテンションがあがる。これもいい思い出になるだろう。

こんな豪華なドレスを着ることは、もうないのだから。

「うわぁー！　メグ、可愛いねぇ！　そのドレス似合っているよ‼」

レイちゃんが部屋に入ってくると同時に、私を褒めてくれるものだから、照れてしまう。

だけどそんなレイちゃんこそ、体にピッタリとフィットしたドレスを身に着けていた。細身だけど、出るとこは出ているレイちゃんだからこそ似合う、薄いブルーの着る人を選ぶドレス。そして、裾広がりのドレープ素材が何とも言えずに素敵だと思う。それに合わせて髪をまとめ上げ、そこから見えるうなじにおくれ毛が、魅力的だ。

「レイちゃんこそ、そのドレス、すごくピッタリじゃない！」

お世辞なしにそう褒めれば、レイちゃんは少し頰を染めて嬉しそうに微笑んだ。そんな表情を見て、こんな部分は女の子らしいと思ってしまう。たまにはこうやって着飾ることも大事だよね。

あ、何だかお互いを褒め合って、背中がこそばゆくなってきた。そんな時、ノックされたので返事をする。

見ればレーディアスさんが登場。胸には勲章のついた上着を羽織り、長い足に沿ったブーツは、細身の彼によく似合っている。きっとこれが騎士団の正装なのだろう。

これまた絵になるお方だ。

「お二人とも、よく似合っていますす」

はいはいはい。すっごく社交辞令だとわかる。なぜなら彼の視線は――。

「レイさん、素敵です」

部屋に入ってくるなり、真っ直ぐにレイちゃんに注がれていたからだ。しかも、いつになく熱い視線だと感じるのは、いつも以上に綺麗なレイちゃんを見て、軽く興奮状態なのかもしれない。危険な香りがする、要注意だ。ここはよく見張っておかないと。

「やはり細身のデザインを選んで正解でした」

え、その言い方はまさか……。私が気づいた様に、レイちゃんもその意味に気づいた様だ。

レイちゃんは身に着けている自身のドレスを見回しながら、

「え、これレーディアスが選んだの？」

「ええ、そうです」

何てことはない風に微笑むレーディアスさん。レイちゃんは、そんな彼の顔を真正面から見つめると、瞬きをしながら口を開けた。

「何ていうか、慣れてるねー。さすがだわ」
レ、レイちゃん、またそんなストレートに食らわせてしまって、大丈夫なのだろうか。

だが、まったく嫌味を含まない言い方なのが、さすがはレイちゃんだ。思ったまま素直に伝えただけだ。

「でも、ありがとう」

そしてお礼も忘れない。首をかしげて笑みまで見せた。化粧をしているレイちゃんは、いつも以上にとても綺麗だと思う。きっとこの笑顔を見られただけでも、レーディアスさんがドレスを選んだかいがあったんじゃなかろうか。そんな表情だった。

「いいえ、私の好きでしたことなので」

レーディアスさんはそう答えた後目を細め、満足気に微笑んだ。レイちゃんはそんな彼を、どう思っているのだろうか。

私とレイちゃんはレーディアスさんの案内の元、舞踏会の開催されている広間へと足を向けた。

やがてたどり着いた扉の前で、いったん足を止めた。身なりをお互いに確認し終えると、レーディアスさんが扉を開けてくれた。その先に広がるのは、まるで別世界の様だった。

高い天井はクリスタルのシャンデリアがきらめき、広間を照らしている。磨き抜かれた床は、その光を反射して輝いていた。いくつものテーブルが並び、その上には豪華な料理が陳列されている。楽師たちが音楽を奏でる中、輪になって踊っている人たちもいた。目の前に広がる華やかな光景に、思わず息を呑んだ。

何よりも驚いたのが人の多さ。熱気がすごくて、私は気後れしてしまう。男性もいたけれど、特に目を惹いたのが、女性の美しさだった。綺麗に着飾った女性が大勢いて、いくつかのグループに分かれ談笑している。ここにいる皆さんが、王子の花嫁候補なの？　こんな綺麗なお嬢さんたちが大勢集まっているのなら、私が選ばれることはまずないだろうと、安堵する。

しかし、こんなに大勢の人間をいっぺんに見るのも初めてだ。さすが王都。

私は特に何をするでもなく、壁に寄りかかっていた。立食形式なので、レイちゃんはお料理に夢中だ。給仕たちは、人手が足りない様で、忙しく動き回っていた。私は時間が過ぎるのをすごく長く感じながら、ため息をついた。

もうすぐの辛抱だ。この舞踏会が終われば、役目は果たしたはずだ。

そこから先は大金を手にして、王都を観光して帰るのだ。そうして元のスローライフへ戻るのだ。

そのためにも、今日という一日、いや舞踏会の時間だけを我慢すればいいのだ。

だが、主役であるはずの王子が、なかなか姿を現さない。

特に気にもしなかったけれど、舞踏会が始まって、結構時間が経《た》っている。

いったいどうしたのだろうか。周囲の人々も徐々に気にし始めてきた様だ。会場全体がざわついている。

そんな時、皆より一段高い場所にある、広い椅子に腰かけていた一人の男性に、初老の男性が近寄った。何かをこっそり耳打ちをした後、椅子に腰かけていた男性は一瞬険しい顔をした。

しかしすぐに元の表情へ戻ると、おもむろにスッと立ち上がる。

茶色の髪には白髪が交じっていて、目尻には皺《しわ》があるが、優しげな顔つき。その立ち振る舞いには品がある。周囲を静かに見回すと、視線一つで皆を黙らせた。

あれは――ルドルフ国王だ。

やがて周囲に響き渡る声を発すると、広間にいる皆が耳を傾けた。

「我が息子アーシュレイドは本日体調が思わしくなく、この場には遅れる様だ。私も息子の様子をうかがってくるが、それまでは皆で大いに楽しんでいて欲しい」

そう発言し、周囲に笑顔を見せると、国王はこの場から立ち去った。

それを聞いて、肩から力が抜けた。

こんな格好までして、一応は気を張って準備していたのに、肝心の王子は遅刻らしい。緊張して損をした。だけど体調不良じゃ、仕方ないと思う。王子も人間だもの。体調を悪くすることぐらい、あるわよね。

側にいたレーディアスさんに視線を投げれば、目を細めて若干険しい顔つきをしていた。

「……まったく。後から私も様子をうかがってくるとしましょう」

「でも、具合が悪いのでは？」

「まさか。殿下は健康そのものですよ」

じゃあ、殿下は仮病なの？　そう言われてみれば、私は自分のことばかり考えて、肝心の殿下はこの件についてどう思っているかなんて、考えたこともなかった。

花嫁を決めることに反対しているのか、それとも受け入れているのか――。

だけど、そう思ったのはほんの一瞬で、すぐに私にはあまり関わりのない人なのだということを思い出した。

「お二人とも、この場を自由にお楽しみ下さい」

レーディアスさんがそう言うと、レイちゃんが大きな声を出す。

「よーし‼　もっと食べるぞー‼」

「レイちゃん、声大きいよ」

張り切るレイちゃんの姿に思わず頬がほころぶ。隣に立つレーディアスさんもレイちゃんを見て、クスリと笑っていた。

「メグも食べる？　持って来ようか？」

「ううん。私はここにいるから、行って来て」

そう言うやいなやレイちゃんは、料理目がけて一直線に小走りで、テーブルへと向かった。

「では、メグさんも、またのちほど」

「はい」

レーディアスさんは私に片手を上げて挨拶をすると、すぐにレイちゃんの背中を追いかけた。

きっと一緒にいたいのだろう。やっぱり彼はレイちゃんを気に入っている。残念ながらレイちゃんは料理の方に興味があるみたいだけど。

一人になった私は、ため息をついた。

豪華な装飾で飾り立てられた広間はきらびやかな雰囲気で、多くの招待客であふれかえっている。

綺麗な女性が多いけれど、彼女たちも私みたいに集められたのかな？　それこそ魔力が少ないとか？

だいたい魔力が少ないとか言われたって、私には未知の世界だ。

華やかなこの場に、自分がいることが場違いだと感じてしまう。

私は人混みと、むせかえる熱気に疲れを感じたので、風に当たりたくなった。

定位置だった壁から離れて歩き出したところで、レイちゃんに一言伝えた方がいいことに気づいた。足を止めて振り返ると、お料理の皿を片手に持つレイちゃんが、知らない男性に話しかけられている。そこですかさず、レーディアスさんが登場した。何てタイミングの良さだ。

相手の男性は苦笑いを浮かべながらも、すごすごと退散したのが見えた。もっとも、レイちゃんは食べることに夢中なので、あまり周囲に関心を示していない。

レイちゃんはどこにいても、我が道を行くので、それなりに楽しんでいるだろう。羨ましいことだ。

今はレーディアスさんと二人でいるし、邪魔しちゃ悪いかな。そう思った私は、一人で風に当たると決めた。

踵を返した瞬間、肩に軽い衝撃があった。

「あっ……‼」

私はよろけた。そして、人にぶつかったことに気づいて焦った。目の前にいるのは、私と同じ背丈で、淡い色のドレスを着た美しい女性だった。歳は私と同じぐらいだろうか。大きい瞳を見開き、驚いている様なので、急いで謝った。

「ごめんなさい」

慌てる私に向かって、その女性は優しくにっこりと微笑んでくれた。

「いいのです、私もよそ見をしていたので、お互いさまですわ」

そう言って少し首をかしげた気品あふれる姿に、私とは違う育ちの良さを感じる。動作の一つにも品がある。

「少し外の風に当たろうと出口を探していたら、私ったら周囲も見ずに慌てちゃって……すみません」

「あら、そうでしたの。確かにこの熱気では疲れますものね。外に出るのでしたら、あそこですわ」

優しく微笑んでくれた彼女が指さした方向を見ると、バルコニーへと続く扉が見えた。

「ご親切にありがとうございます」

「では私は失礼いたしますわね。行きましょう、ラティナ」

そう言うと彼女は軽く頭を下げた後、背後に控えていた女の子を連れて、広間の中心へと向かった。側に仕えていた女の子は十歳ぐらいかしら？　大きな瞳と流れる様な黒髪が美しい。この子もまた私にペコリと礼儀よく頭を下げた後、彼女と共に去った。

私ってば、急ぐあまり周囲を見ないのは危険だ。気をつけよう。そう思いながら教えてもらったバルコニーから、一歩外へ出た。私一人ぐらいこの場にいなくても、問題はないだろう。

見上げると満天の星空。しかし村にいた時より、空が淀《よど》んで見える。それは気のせいなのだろうか。

私はついこの前までは、村で夜空を見ていた。

夜になるとレイちゃんと一緒に、何もない地面に敷物を敷いて、寝転がったものだ。

そして私達は、よくいろんな話をした。

畑の収穫の話や、次に植える種の相談。くだらないことから、時には真剣な顔をして、深夜までよく語り合っていた。

そうして体が冷えてくると家の中に入り、モーモーのミルクを温めて飲んでから、眠りについた。

それがこんな短い期間で、ここまで変わってしまうことが信じられない。

ガラス越しに会場を見れば、レイちゃんはレーディアスさんと話している。元より順応力のある彼女だから、あの村が懐かしいとは私ほど感じていないかもしれない。どことなく気分が浮かないのは、私だけなのかな。

それが何だか、寂しいと思ってしまう。

こんな考えじゃいけないと、もう少し風に当たりながら歩くことにした。

ふと見れば、バルコニーから下まで続く階段があった。庭園に下り立つことができる様だ。

私はその階段を下りて、庭園へと足を進めることにした。

庭園には一定の間隔で水が設置されている。昼に太陽の光を吸収し、夜に輝く性質を持つ、夜鉱石で作られている噴水のおかげで、周囲はほのかに明るかった。

私はその輝きに誘われる様に、フラフラと歩き、一番大きな噴水近くまで足を進めた。

「……あっ」

その時、私は思わず驚きの声を上げた。

そこには、噴水のふちで足を組んで横になり、寝そべっている人物がいた。

私の声と足音に気づいたその人は、すごく驚いた形相でいきなり起き上がった。

ほのかな灯《あか》りに照らされてわかるのは、整った顔つき。長めの黒い髪につり上がっている大きな瞳。何よりも目を引いたのは、耳元を飾る装飾品。数までは数えられないけれど、結構ゴテゴテつけていると思う。彼は瞬時に立ち上がった。私の出現で、驚かせてしまったのかもしれない。

背が高い男性に見下ろされ、私は身をすくめた。

「ご、ごめんなさいっ……」

「――何だ、違った」

しかし相手の男性は私の顔を確認すると、安心した様にため息をついて、再び噴水のふちで寝転がった。その台詞からいって、誰かと勘違いしたのだろう。

しばらく一人になりたいと思ってここまで来てみたが、ここは先客がいた様だ。他の場所まで移動するしかない。さらに奥まで足を進めようとすると、背後から声がかかった。

「待てよ」

「はい？」

私が振り返ると、男性が顎で指し示してきた。

「お前、どこへ行く気だよ。この噴水から先は、何もないぞ。それに灯りもない」

言われた先に視線を向ければ、た、確かに。今は月明かりで明るいが、月が隠れてしまっては、周囲は暗闇に包まれるだけだろう。

わざわざ忠告してくれた男性は軽装な格好で、先程広間で集まっていた正装の人たちとは違う。きっと、給仕か警備の人なのだろう。だとしたら――。

「そういうあなたは、何をしているの？」

「……別に。寝転がっていただけだ」

ぶっきらぼうに答えた彼の視線の先には、夜空に輝く星たち。

「確かに、こんなに綺麗な星空なら、見惚れてしまうわ。私も好きだし」

私は思わず呟いた。その声が聞こえたのか、寝転がった男性がその姿勢のまま私の顔を見つめた。少し驚いた様にじっと見つめてくるけれど、どうしたのだろう。

しばし沈黙の続く空間で、私達は見つめあった。

やがて彼は、手で髪をくしゃりとかき上げた後、気だるげに体を起こした。

「あの、行かなくていいの？」

いくら星に見惚れていても、仕事をさぼってはダメだと思う。声をかけると、ギロリとにらまれた。

「言われなくても、わかっている。いちいちうるさい」

面倒くさそうに吐き捨てられて、ちょっとムッとした。だいたい、その偉そうな態度は何なの。

「けど、それが仕事だと思う。それに広間は忙しそうで、人の手が足りていない様子だったし。あなたもそれでお給金をもらっているなら、なおさらよ」

お給金泥棒と言われるより、働いた方がいいだろう。皆が忙しそうだというのに。

私がつい声を荒らげてしまったのは、この男性が私と同年代だと思ったからだ。

男性は大きな目を不思議そうに瞬かせた後、自身の格好を見下ろした。

「……………ああ。そうか」

何だか一人で納得したみたいで、たっぷり間があった。

そして私に顔を向けると、

「中の様子はどうだ？」

「熱気がすごくて、息苦しいほど盛り上がっているけれど……」

「くだらない。早く終わってしまえばいい」

吐き捨てる彼だけど、それが仕事でしょう。しかもさぼっているくせに、何言ってるのよ。

「さぼってるくせに」

つい声に出してしまった。

「は？」

言われた男性は顔をしかめて、明らかに面白くない様な表情を見せた。あ、しまった。余計なことを言った。

そう後悔し始めた矢先――。

「じゃあ、お前は？　こんなところにいるお前だって、俺と同じだろう？」

「うっ……」

そりゃそうだ。つい説教してしまった私だけど、図星をさされて顔が引きつった。

「わ、私は、人の多さに酔ってしまったので、少しだけ涼もうと思っただけ。すぐに戻るわ」

「でも、今はさぼっているじゃないか」

ズバッと言い当てられて、返す言葉もない。口喧嘩に自信がない私は、こんな時はどう逃れようか必死になって、考えを張り巡らせる。

「クッ！　……ハハハ！」

瞳をさまよわせる私を見て、相手は最初こらえていたが、ついには声を出して笑いだした。

「だ、だって……」

猛烈に格好悪い思いをしている私は、顔から火が出そうだ。偉そうに説教したくせに、自分も同じだったなんて。人のことを言っている場合じゃないわ。目の前の彼はひとしきり笑った後、自分の横の空いている一角を顎で指した。

「まあ、いい。座れよ」

何だか偉そうな態度を取る人だ。私はどうしようか迷ったけれど、なるべく離れる様にして腰をかけた。

「さぼっている者同士、お前と話でもしてやるよ」

態度だけじゃなく、言い方も偉そうだと感じたけれど、それは私が田舎者だからかしら。

初対面で失礼な人だと思ったけれど、それをあえて指摘する気にはならなかった。

だって、どうせこの場だけの縁だし。特に気にもせずに、私は彼と取り留めもない話を始めた。

「お前は、広間に人が多いと言うが、別に普通だろ」

「あれが普通ですって⁉」

思わず目を見開き驚いた反応を示すが、彼は平然と答えた。

「国王の生誕祭とかになると、もっと集まるぜ？」

「そりゃ、あなたから見れば普通のことかもしれないけど、私から見たら異常なの」

会話から察するに、この人は仕事柄、大勢の人間を見慣れているのだと感じた。

「だいたい、私は一日に、多くても三人ぐらいにしか会わない生活だったから、それだけでキャパオーバーよ」

「どんな生活だよ、そこは。人が住める場所なのか？」

苦笑する相手に、説明することにした。

「そうね、とりあえず、隣の家までは距離があるわ。村の人口も30人ぐらいかしら」

「ド田舎だな」

辛辣な言葉を投げ付けるこの人は、結構口が悪い。そう思いながら話を続けた。

「だけど、水は綺麗だし、自然にあふれていて、その恵みで食べて行けるわ。私はその方が落ち着く。夜は満天の星を眺めながら、流れ星を数えてみたり」

「流れ星なら、王都でも見れる」

そう言って彼は空を見上げたので、私もつられて空を見た。

「そうね。同じ空を見上げているのだけど、王都よりも村で見る星の方が、綺麗な気がするわ」

それはやっぱり、あの場所が大好きだから、そう感じるのかも。気分的にリラックスしていると、同じ景色も違って見えるのかもしれない。空を見上げていると、隣の男性が私の顔を見つめているのに気づいた。そこで私は、何？　と言わんばかりに顔を向けた。

「王都にだってな、もっと星が綺麗に見える場所だってあるぞ」

彼は声を高らかに、そう宣言をした。

「そんな場所があるの？」

思わず聞き返すと、彼は自信ありげに胸を張る。

「そこは『星降る丘』と呼ばれる場所でな、たくさんの星が輝き、流れ星だっていくつも見れるって、人々が噂《うわさ》している」

「それはすごいかも。ちょっと見てみたいな」

「お前の言う田舎よりもすごいに決まっている！」

「そんなことないわ。私のいた村だって、星がすっごく綺麗なんだから！」

どうやら彼は負けず嫌いな様だ。かく言う私もこんなことで張り合うべきではないと思いながらも、つい宣言してしまう。

「じゃあ、そこまで言うなら、どっちで見る星空が綺麗か勝負だ。俺と一緒に、星降る丘に行くぞ！」

「え？」

突然の彼からの申し出に、少し面食らった。

だが、自信たっぷりに言う彼を見ていると、よほど綺麗で有名な場所なのだろう。それはとても幻想的な世界の様な気がした。

ふと見れば、隣に腰かける男性が頬杖をついて、返事を待つ様子で、私をじっと見ている。

夜でもそうとわかるほどの、くっきりとした二重瞼の大きい瞳を私に向けていた。

ずいぶん長い時間話しているけれど、私達は初対面だと気づく。そういえば、お互いの名前すら名乗っていない。しかも、重大なことを思い出す。

「あ、ありがとう。けどね、私はもうすぐ帰るのよ」

「帰る？」

「ええ。そもそもここにいること自体、何かの間違いだって、自分でも不思議に思う。だけどもうすぐ帰るの」

そう、この舞踏会が終われば、お役目ご免。後はレイちゃんと王都を観光して、村の皆にお土産を買って、帰るだけだよ。

「……どこに帰るんだよ」

先ほどまでとは声のトーンが違う、男性の声が響いた。

「もちろん、村よ。畑を耕し、食べ物を作って、自給自足ね。月に一度は近くの街から行商がくるから、そこで必要な物はまとめて購入するわ。そして野菜を売ったり。それにレイ……友人がいて、私と違って魔力が強いの。その力を使って、まぁ二人で楽しく過ごしているわ」

その時、一瞬だけ、男性のこめかみがぴくりと動いた様な気がした。

「その友人とやらは、その魔力をどうしているんだ？」

「そうね、火打石を作っているわ」

「それだけか？」

「それだけって言うけどね、とっても助かることなのよ」

火打石はどこにでもある品物だけど、作り出すのは、そんなに簡単なことではない。レイちゃんほど実力があるなら、ものの数秒で作り上げるけれど、私には無理だもの。誰にでもできる芸当ではないのだ。

「田舎だから、正直そんなに便利な暮らしではないわ。だから友人は火打石を作って村の皆に分けたりしている。そしてそのお礼に色々な品物をもらったりしているわ。ようは、村人皆で助け合って生活しているスタイルかな」

そう、レイちゃんは、基本困っている人の味方だ。だから火打石も皆のために作って分け与えている。村人はそれを喜んでいる。何せ、今までは遠い街まで行ってわざわざ購入するか、街からくる行商からまとめ買いしていたらしいのだから。

「私にはそんな魔力はまったくないの。残念ながらね」

「残念……か」

ポツリと呟いた相手に視線を向けた。

「けれどもしその力があれば、皆のために使うわね」

「……皆のためって、どうやってだ？」

急に低くなった真面目な声が聞こえたので、頭を悩ませながらも答えた。

「そうね、とりあえず、火打石を千個ほど作って、村の皆に配るかな」

「そんなことかよ！」

男性が急に笑いだしたので、思わず力説する。

「笑うけれど、火って大切でしょう。火がなければお湯も沸かせないし、料理も作れないし。ランプの火がなければ、部屋だって暗いままでしょう？　だから私は火打石を千個、ううん、一万個でも作りたいわ!!」

そう叫んだ私に対して、彼はますます笑い声を上げた。

「さっきから火打石の話ばかりで、お前はそれしかないのかよ！」

暗闇の中、この男性は整った顔に満面の笑みを浮かべた。長めの黒い髪、少し吊《つ》り上がった大きい瞳は猫みたいだ。彼が肩を揺らして笑うと、耳と首元に輝く銀の装飾品が揺れて、繊細な音が響いた。

なぜ、私はこの場所で、初対面の男性に火打石の素晴らしさを語っているのだろう。そもそもこの男性は誰……？　私と同様に舞踏会を抜け出して来た給仕の人ではないの？

疑問に思って男性の顔を見ていると、それに気づいたらしく、笑いをやめた。

そしてふと眉間に皺を寄せた。首をかしげると、鼻を少し動かす。

「変だな、お前……」

「え？」

ちょっ、近い近い！　その綺麗な顔が、急にグイッと近づいて来た。

「魔力の匂いが、まったくしない……。微塵《みじん》たりとも感じられない」

「ちょっ……」

「おかしい。お前、もうちょっと近くに来てみろ」

そう言うと男性は私の手を摑んだ。

「や……っ！」

急なことだったので、パニックになった私は、手を上下に振り上げた。

「……ッ⁉」

そして次の瞬間、何かに当たる感触がした。ハッと気づいて顔を上げれば、一瞬呆気にとられた様子の彼は、自身の頬に手を添えた。

どうやら私の手が頬に当たってしまったらしい。だけどこの場合は、正当防衛を主張する！

「っ、お前なぁあ‼」

「きゃあ‼」

「ちょっと側に来い！　確認するだけだ‼」

手を強く握られて、思わず身をすくめる。先程まで穏やかに話していただけなのに、急に近づいてくるんだもの‼　それもありえないぐらいに近い！　吐息が感じられる距離まで詰めてくる彼の顔を見られずに、下を向いた。

「あ、お前！　ちょっとこっちを向けって‼」

そんなこと言われても、真正面から対峙《たいじ》する勇気が私にはない。それこそレイちゃんが昔から言っていた『男はオオカミ。油断するな』その言葉が蘇《よみがえ》る。なんて思っている矢先から、逃げ場がなくなった！　手首を掴まれ、いつの間にか体を押さえ付けられている！　背中に感じる冷たさは、噴水のふちに寝転んでいるから？　もしかして私、押し倒されている!?

ギョッとして顔を向ければ、不思議そうな表情で私を見下ろす男の顔があった。眉根を寄せ、首をかしげながら、大きな瞳で私を凝視している。

「メグ――――!!」

その時聞こえた声は、私にとって救世主。――レイちゃんだ！

大声で叫んだレイちゃんは、そのまま私に向かって突進して来た。その勢いのまま、私の上に重くのしかかる人物を勢いよく突き飛ばした。その途端、体にかかる重みがなくなり楽になった。

「いっ、痛っ!!」

突き飛ばされた彼は見事地面に転がり、頭をさすりながら、レイちゃんに向かって叫ぶ。

「何するんだ、この女!!」

「うるさい！　この暴行魔!!」

「暴……！　って誰のことだ!?」

一瞬、きょとんとした表情を見せたけれど、次のレイちゃんの言葉によって、すぐさま表情が変わった。

「あんたしかいないでしょ!!　今、メグに乗りかかってたでしょ！　私達が来なければ、何をするつもりだったのよ!?」

「なっ……‼」

絶句した後、彼の顔色が赤く変化したのが、夜だというのにわかった。

「ここにいらしたのですか」

「……レーディアス」

レイちゃんと共に駆け付けて来たレーディアスさんは、彼と顔見知りだったらしい。もっとも彼はレーディアスさんの顔を見ると、忌々《いまいま》しげに軽く舌打ちをした。

「それにまぁ、ご丁寧に下働き用の服装にまで着替えていらして。堂々とさぼった挙句、女性を押し倒しているとは、感心しませんね」

「なっ……！　誰も押し倒してなんていないだろ‼」

指摘されて我に返ったらしく、やや放心状態の私にハッと気づくと、さらに顔が赤くなったのが見てとれた。

「いや、今のは……ち、違っ……！」

そして私を見て言葉につまりながらも、何かを言いたげだ。しどろもどろに言葉を紡ぐ。そんな彼を尻目に、レイちゃんが激しく怒りを露《あら》わにした。

「ああ、メグかわいそうに！　レーディアス、お願いよ。この男を去勢して！」

真面目な顔で叫ぶレイちゃんに、男性二人は一瞬たじろいだ。

「二度と同じ過ちを起こさないためにも！　この下半身の欲求に逆らえない愚かな男に、重い罰を‼」

レイちゃんの激しい剣幕に、周囲にいる私達は押され気味だ。

レーディアスさんは額に手を当てながら、頭が痛いと言わんばかりに、ため息をついた。

「レイさん、それだけはできません。この国の血筋が途絶えます」

「そうよ‼　こんな血筋など、いっそ途絶えてしま…………え？」

レイちゃんはそこで冷静になり、レーディアスさんを視界に入れた。レーディアスさんは、にっこりと穏やかに微笑んだ。

「すみません、その下半身の欲求に逆らえず、舞踏会など人の集まる場から逃亡を図る癖をお持ちのこの男性こそ、この国の王子、アーシュレイド殿下です」

それを言われた時、たっぷりと間ができた。

「…………嘘」

思わず呟いた私。

「ちなみに殿下は逃亡の挙句、毎回捕まっています」

「おい、そこ！　レーディアス！　俺の紹介、それはいらない項目だから‼」

レイちゃんが怪しむ様に見ているけど、私も衝撃で動けずにいた。

だって、まさかここにいて、先程まで私と談笑していた人物が、アーシュレイド殿下本人とは知らなかった。想像すらしてなかった私は、大いに動揺していた。

瞬きを繰り返しながらも、私の視線は殿下に釘づけだ。どうしよう、失礼な態度を取った自覚がある。謝罪した方がいいのかな。

そんな思いを向けていた私の視線に気づいた殿下は、少しバツが悪そうに、鼻の頭をかいた。

「あー、そんなこんなで、俺の名はアーシュレイドだ」

みずから名乗ってくれた殿下に、私も名乗らないといけないと気づき、慌てて頭を下げた。

「わ、私はメグです。色々、失礼しました、殿下」

「やめろよ、いきなり堅苦しく、殿下だなんて」

返事に困って瞳をさまよわせていると、殿下が口を開いた。

「疑問なんだが、なぜお前から、魔力の匂いがまったくしないんだ？」

「それは……」

私に聞かれても困る。それに匂いを感じられない私は、返答のしようがない。

「じゃあ殿下は、メグの匂いを嗅ごうと思って押し倒していたってこと⁉」

「ばっ……‼」

レイちゃんが突っ込むと、暗闇でもわかるほど、殿下が慌てふためいた。

「匂いフェチ‼」

「何だ、そのフェチって！　違うって言ってるだろ！」

「だって押し倒してたでしょ！　殿下は痴漢‼」

「痴漢って誰のことだよ⁉　違うって、何度言えばわかるんだ‼」

「痴漢は皆、最初は否定する‼」

殿下は顔を赤く染め、動揺しながらも大きな声で叫んだ。

それと共に、『ガタッ』という大きな物音が聞こえた。それは何かがぶつかった様な音で……。音の出どころ、そこに視線を向ければ、噴水のふちに亀裂が入っていた。

「………何これ」

やばい、真っ先にレイちゃんが気づいた。

その時私の脳裏には、以前レーディアスさんに言われた言葉が蘇る。

『我が国のアーシュレイド殿下は、魔力を制御できません』

『人は彼を【破壊の王子】と呼びます』

私の顔色が、サーッと青くなった。

今がその、やばい状態なんじゃないの？　城の一室から響いた轟音と、黒い煙を思い出す。それと同時に、プスプスと焼け焦げる自分の未来の姿が頭をよぎった。

何とか話題を逸《そ》らさないと！

「レ、レイちゃん。あのね、アーシュレイド殿下とは、お話していただけだから。そんな押し倒されてなんていないから、だ、大丈夫よ」

私は上手く誤魔化せただろうか。ここでレイちゃんが怒ってこの殿下とバトルになったら、それこそ収拾がつかない。そうなる前に早く手を打たなくては！

側にいたレーディアスさんも、咄嗟にフォローに回る。

「お二人とも、いつの間にか意気投合したのですね。歳も近いでしょうし、会話も盛り上がっていたみたいですね」

そ、そのフォローはどこか違うと思いながらも、私はうなずいた。殿下がすかさず、頬を染めながら、そっぽを向いた。

「そ、そうでもないけどな」

ちょっと、そこ。

どうして照れた表情を浮かべているの？　そう思ったけれど、口には出せなかった。私は空気を読んだのだ。殿下はひとまずは落ち着いたらしい。

安堵で胸をなで下した私に気づいたレーディアスさんが、口を開いた。

「心配にはおよびません。殿下は普段、魔力封じの装飾品を身に着けておられますので――」

「おい!!」

そこで殿下はレーディアスさんの言葉を遮った。あまり触れて欲しくない話題なのかな？　不意にそう思った。だけど隣にいるレイちゃんが、それを聞いて怪訝な顔をしたのを、私は見逃さなかった。

そして殿下が、何かに気づいた様に眉根を上げた後、鼻をすんと鳴らした。

「お前……強力だな」

瞬きを繰り返した後呟いた殿下に向かって、レイちゃんは肩をすくめてうなずいた。

これはきっと二人にしかわからない。そう、魔力についてのことだと思う。こんな時、疎外感を感じてしまう。魔力がない私じゃ、話にならないもんね……。卑屈になりかけていた時、声が聞こえた。

「殿下、そろそろ着替えて、広間に顔をお出し下さい」

「……ああ」

レーディアスさんに言われ、渋々といった様子の殿下は、すっくと立ち上がった。

「……じゃあな。星降る丘の話、忘れんなよ」

——え、約束って……。したことになってるんだ。

殿下はそれだけを告げると、前を向き、レーディアスさんと並んで歩き始めた。途中、何度か振り返る殿下を、私は不思議な気持ちで見つめていた。

私はさっきも言ったと思うけれど、この舞踏会が終われば村に帰るのだ。

視線を感じて横を見ると、レイちゃんが思いっきり何かを怪しむ様な顔つきで私を見ていた。

「メグ、本当に何もされなかった？」

「ええ、大丈夫よ」

それだけを言うと黙り込んでしまったレイちゃん。だが、しばらくすると、

「ねえ、さっき聞こえた、魔力封じの装飾品って、何のこと？」

き、きた——！

早速つっ込んで来たね、耳がいいね、さすがだねっ！

レイちゃんは殿下の魔力が巨大なことは知っているけれど、裏では『破壊の王子』と呼ばれていることは知らない。どう説明しようか迷いながらも、事実を伝えることにした。

他所《よそ》から耳に入るより、私が伝えるべきだ。それもオブラートに包んでソフトにしなければ、大

変なことになるだろう。

「あ、あのね、レイちゃん――」

殿下は時折、少しだけ魔力が暴走しちゃうんだって。日頃は装飾品で抑えているみたいだから大丈夫だって。

やんわりと説明をした結果、それだけでもレイちゃんは、『何それ!?　聞いてないし！』と、怒り心頭だった。

これで『破壊の王子』の異名をとり、城の一室から黒い煙を吐き出すのを見ましたなんて、そう教えた時のレイちゃんの激怒っぷりを想像するだけで恐ろしくて、それ以上何も言えなかった。

それから私達は、広間に戻ることにした。

広間は殿下が登場したことにより、熱が上がっていた。

あぁ、本物の王子様だったんだ。

明るいところで改めて見る殿下は長めの黒髪に背も高く、勝気な雰囲気を持ち、整った顔つきだった。耳元には装飾品がたくさんついていた。まあ、それも似合っているのだけど、レーディアスさんは魔力封じの装飾品と言っていた。あれだけたくさん着けなければ制御できないぐらい、魔力が巨大なのだろうか。

レーディアスさんが磨かれた大人のかっこよさなら、殿下は青年の若さあふれるイメージだ。

今思えば失礼な態度をとってしまったけれど、何となく気さくな感じだったし、気にしてないわよね、きっと。

ああ、だけど、これが終われば村に帰れるんだわ。私はこの場を楽しむことに決めた。

約束の舞踏会には出席したし、こうやって殿下にも顔合わせは済んだ。

殿下は大勢の人に囲まれて、面倒だと言わんばかりの態度をとっていた。

やがて、初老の男性が殿下に近づき、こっそり耳打ちをした。それを聞いた殿下は弾《はじ》かれた様に顔を上げ、何かを口にしたみたいだ。不機嫌に顔が歪《ゆが》んでいる。そんな殿下にお構いなしといった様子で、側にいた男性は広間に響き渡るほど声を張り上げた。

「魅力的な女性たちがお集まり下さる中で、アーシュレイド殿下の花嫁候補を、本日この場で正式に発表したいと思います」

この場が正式発表の場と聞いて、周囲がどよめいた。身分は関係ないと言っても、やはり釣りあいの取れる女性を、あらかじめ選出していたのだろう。出来レースというやつだ。

やはり私には関係なかったのだと、ホッと胸をなで下ろしていた。

「なっ……!!　俺は聞いてない!!」

「何度となく舞踏会を開いても、一向に殿下自身でお決めにならないので、いっそこの爺《じい》が相応しいと思う女性を選出しました。それに、王からも許可を頂いております」

わめく殿下の側で、爺と呼ばれた初老の男性が声を張り上げた。

「まずはフィーリア・カドス嬢。カドス家のご令嬢であり、宰相補佐のお孫さんでもあります」

呼ばれた女性が一歩前に出て、お辞儀をした。私の場所からは、後ろ姿しか見えない。

「次の女性は、ロザリア・サナトーラ嬢。サナトーラ家のご長女として生を受け、殿下の幼き頃からのご友人でもあります」

真っ直ぐに伸びた黒い髪が印象的な、落ち着いた様子の素敵な女性。一歩前に出た彼女は、スカートの端を持ち上げると、淑女の礼を取った。その優しげに微笑む横顔を見て、先程私がぶつかった女性だと気づいた。

「おっ、おい！　当の本人抜きで話を進めるなよ‼」

わめき出した殿下に皆が注目していた時、彼の側に近づく女性が視界に入る。

ほっそりとした体に、上品な物腰。それでいて、お付きの人が控えているので、身分の高い人だろう。納得がいかない様子の殿下を、上手くたしなめ始めたみたいだ。殿下に意見を言える人もいるんだな、そう思って見ていると、その女性の横顔が視界に入る。

あれは――ミランダさん⁉

最初は見間違いかと思った。だけど目を凝らして見ても、間違いない。あそこにいる女性は温室で出会ったミランダさんだ。

どうしてこの場にいるの？　私は驚きで目を見開いていると、ミランダさんはふと視線を私に向けた。視線がかち合った瞬間、相手は嬉々《きき》とした表情に変わった。

「メグさん」

え？　今、私の名前を呼んだわよね？

湧き起こったどよめきと共に、皆が彼女の視線の先にいる私に注目した。私は動揺しつつ、口を半開きに開けて、その場でたたずんでいた。

「舞踏会は楽しんでいらっしゃるかしら？」

はしゃいだ声を出し、近づいてくるミランダさんだったけれど、ちょっと待って下さい。私の脳内で処理が追い付かないの！

その時、殿下がゆっくりと私の方へと顔を向けた。そして瞳を見開き、驚きの表情を浮かべる。

「あ、お前！」

思わず視線を逸らして周囲を見回す私に、再度声がかかる。

「お前だよ、メグ」

あろうことか殿下は皆の注目を集める中、私に向かって真っ直ぐに歩いて来た。人々が避け、殿下の通る道ができる。

「この場に、戻って来たんだな」

周囲から注目されていることに気づいていないのか、それとも慣れているのか、殿下が口を開く。

「さっきは……。その、悪かったな」

「え……」

「いや、いきなり驚かせたみたいで、他意はなかったんだが、すまなかった」

突然の謝罪に目を見張る。それと同時にいたたまれない。だって、周囲の人間が何事かとばかりに、様子をうかがっている。高貴な身分である彼が謝罪だなんて、少しは空気を読んで欲しい。

何も言えずに瞬きを繰り返す私に、先に口を開いたのはミランダさんだった。

「アーシュ、あなたが人に素直に謝るなんて……。私は夢を見ているのかしら？」

首をかしげたミランダさんの言葉を、信じられない気持ちで聞く。この親しい口調は……。

「俺だって悪いと思った相手には謝ることぐらいできる！　母上は俺をどう思っているんだ⁉」

母上……？　その単語が急には呑み込めなくて、たっぷり数秒固まったのち、脳内がようやく動き出す。

ミランダさんが殿下の母親⁉　てことは王妃様⁉

そう言われてみればよく似ている。黒い髪も、大きな瞳も、全部そっくりじゃないか！

「それはそうとメグさん！」

呆けていると、ミランダさんにいきなり手を摑まれた。

「このアーシュが素直に謝罪の言葉を口にするだなんて……‼　いったい、息子はどんな悪いことをしたのかしら？　母として、私からも謝罪が必要かしら⁉」

鬼気迫る表情で詰め寄られた私は、後方に下がろうとするが、摑まれた手は、それを許してはくれない。ミランダさん、見かけによらず力持ち！　日頃、ガーデニングで重い土などを運んでいるからかしら？　私が困っていると、殿下が先に口を開いた。

「ち、違う！　俺が押し倒したと勘違いしていると悪いから、誤解を解こうと思ってだな……」

「押し倒した⁉」

その時、ミランダさんの声が甲高くなり、広間に響き渡る。

「いったいあなたは、どんな話から、そんな展開になっているの⁉　女性に無理やりそんなことをするなど……‼」

わなわなと唇を震わせているミランダさんは、大きな誤解をしている。これは早々に解かなければいけない。殿下のため、もちろん私のためにも!!

「ち、違います！」

そこでやっと、私は大きな声で叫んだ。

「ただ星が綺麗でしたので、一緒に見ていただけで、王妃様が心配する様なことは、何もありません！」

気が付けば、私と殿下は二人で一緒に弁解を始めていた。

「そうそう、村で見る星が綺麗だとか言っていたから、王都だって綺麗な場所があると、俺は言ったんだ。どっちが綺麗か見極めるため、今度二人で『星降る丘』に行ってみる約束をしただけだ!!」

殿下がそう発言した時、周囲が更なるどよめきに包まれる。

「星降る丘？　……あなた、そこへ行こうと彼女をお誘いしたの？」

「ああ？　別に普通だろう」

ぶっきらぼうに吐き捨てた殿下に向かって、ミランダさんが口を開いた。

「そこは恋人たちの聖地よ」

「なななな!!」

突如として、真っ赤になった殿下が激しくうろたえる。だが私も同じ様に、両手を振って真っ赤になっている。

「お、お前、何赤くなってるんだよ！」

「そ、そういう殿下こそ……‼」

私達はきっと、同じぐらい顔を赤くしていることだろう。だって首まで熱いし、赤面の連鎖だ。

二人してそこから先は、言葉にならなかった。

「アーシュ、我が子ながら、何て大胆なのかしら」

「ち、違っ‼」

私は動揺して言葉を出せずにいると、いきなり肩をトントンと叩かれた。驚いて振り向くと、そこにいたのは、先程殿下に爺と呼ばれていた初老の男性だった。

「初めまして。私は殿下の教育係で爺やのセバスです。大変失礼ですが、あなたのお名前と出身をお聞きしてもよろしいでしょうか？」

あ……、得体の知れない私に、不審感を抱いたのかもしれない。私は慌てて告げた。

「こ、こんにちは。私はヘボン村出身で桜井恵《サクライメグ》といいます」

「ふむ」

どこか満足気にうなずいた後、セバスさんはりっぱな顎髭《ひげ》をひとなでした。そして――。

「最後の候補者の名前はヘボン村出身――メグ・サクライ嬢となります‼」

いきなり声を張り上げた。

えええええっ⁉

ちょ、ちょっと待ってよ‼　なぜそこで私の名前が出るの⁉

信じられないという気持ちで殿下を見れば、彼も私と同じく固まっていた。

「爺……!!」

「ははっ、殿下。なかなかやりますなぁ。この爺の目をかいくぐって女性とよろしくやりますとは。しかし、爺は嬉しく思いますぞ!!」

「ちっ……!!」

赤い顔で動揺する殿下は、セバスさんに押されっぱなしだ。

「これはもう、決まりましたね」

ポンと肩に手を置かれた殿下は、首まで真っ赤に染まっている。

「何度舞踏会を開こうとも、お気に召した女性がいず、挙句の果てには逃亡を繰り返す殿下を見て、爺は半ばあきらめておりました」

「ち、違っ！」

「殿下に気になる女性ができたとは、爺は嬉しくて泣きそうです。ここに集められた女性は皆、殿下のお力を抑えるだけの素質がありますので、ご安心下さい」

「いや、俺たち、出会ったばかりだから!!」

「何を仰《おっしゃ》いますか。出会いに時間は関係ありません。これから先、長い時間を過ごせばいいじゃないですか」

「俺の話を聞け――――!!!」

殿下が叫んだ瞬間、ガラスにヒビが入った様な繊細な音が聞こえた。それは頭上にあるシャンデリアからの音だと気づくが、周囲の誰もが気づいた様子はない。

も、もしやここでも暴走しちゃうの？　予期せぬ事態に冷や汗をかく。

「ほらほら殿下。まずは落ち着かれて下さい」

「これが落ち着いてられるか――‼」

天上を見上げてため息を吐き出したセバスさんだけは、どうやら気づいたみたいだ。そのまま取り乱すことなく殿下をなだめている様子からいって、慣れていると感じた。

呆然と立ち尽くす私の隣に、誰かが近寄って来たことに気づいた。

横を見れば、眉間に深く皺を寄せて口端を噛みながら、神妙な顔つきのレイちゃんがそこにいた。

「面倒なことになったわね」
レ、レイちゃーん！　意外に冷静なのは、なぜなの⁉　そしてこっそり耳打ちをしてきた。
「まずは部屋に戻りましょう。作戦会議よ」

「え、でも、勝手に戻っても大丈夫なの？」

「いいわよ。この騒ぎに便乗しましょう」

さすがレイちゃん、度胸がある。しかし私も部屋に戻って状況を整理したい。私は重い足取りでレイちゃんと二人、そっと広間を抜け出した。

その後、放心状態で部屋に戻り、ソファに腰かけ、クッションを抱きしめた。

「何かの間違いじゃないかしら。私が候補に選ばれたなんて……」

ぼそっと呟けば、レイちゃんが冷静に答えた。

「間違いじゃないでしょ。あの時、メグを一人にしなければ良かった。庭で殿下に会わなければ、こんなことにはならなかったのに」

悔やむレイちゃんだけど、そこは悔やんでも仕方がない。元はといえば、私が勝手に抜け出したせいであって、レイちゃんが責任を感じることはないのだ。部屋を重い空気が漂う。そんな中、レイちゃんが顔を上げた。

「落ち着け、って言ってもすぐには無理よね。私、喉が渇いたからラテ水持ってくるね。メグも飲むでしょ」

「あ、うん」

ラテ水とは果実の甘さがほんのりついたお水だ。爽やかなのどごしが気に入って、私とレイちゃんはよく飲んでいた。

そして一人残された部屋で深いため息をついていると、突然ノックが聞こえた。

「レイちゃん？」

もう戻って来たのかしら。走って行ったのかな？　そう思いながらも扉を開けると、そこには想像もしなかった人物が立っていて、目をひん剝いた。

「ミ、ミランダさん……!!」

私は慌てて頭を下げた。

「いいのよ、メグさん、顔を上げてちょうだい」

私はゆっくりと頭を上げる。そこにいたのは、作業用の格好ではなく、素敵なドレスに身を包み穏やかに笑うミランダさんの姿があった。立ち話も失礼だと思い、慌てて部屋へと招き入れた。

「ミランダさんが、まさか王妃様だったとは知らずに……」

「ごめんなさいね。公式の場は堅苦しくて苦手なのよ。土いじりが趣味の王妃です」

悪戯がばれた時の様な笑顔を見せたミランダさんが、口を開いた。

「結婚する時にね、一つ条件を出したのよ。『植物を栽培する場を用意すること』って。それが認められたから結婚したの。あら、私は庶民の出なのよ。実家は至って普通ですもの。王妃になるにあたって、侯爵家の養女に入ったのだけどね、私の体に流れているのは、農家としての血なのよ」

そう言って穏やかに笑うミランダさん。

「どうしても必要な公式の場にはきちんと出席しているしね」

身分違いの二人がなぜ、こうやって結ばれたのか、二人の馴れ初めを聞いてみたい気がする。

ぼんやりと思った直後、

「それよりもメグさん!!」

私は手をガシッと握られて、驚いた。

「うちの粗野な息子が、色々ごめんなさいね。今まで女性に全然興味を示さなくて、それがいきなり押し倒すだなんて、教育を間違ったわ。それだけを私の口から伝えたくて、ここまで来たの」

「気になさらないで下さい。大丈夫ですから」

話がだいぶ大きくなっているけれど、王妃様から直々に謝罪されては、萎縮してしまう。

しかし、改めて目の前で見ても驚いてしまう。

職人顔負けの格好で黙々とハーブの栽培をするミランダさんと、私の前に立つ美しく着飾った女性が、まさか同一人物で王妃様だったなんて。

それに王妃様の美貌を、殿下は見事に譲り受けていると感じた。

「でも私は、この素敵な縁に驚いているわ。うちの息子があなたを選ぶのなら、私も全力で応援するわ。もちろん、あのセバスも乗り気でね」

「え、あの……」

驚いて咄嗟に言葉が出ないけれど、そこは違いますと言わなければいけない。

「そうね、そうしてハーブガーデンを増築して、二人でそこに籠っているのもいいかもしれないわね」

あ、今の発言はちょっと心が揺らいだぞ。……じゃなくて、

「それはないと思います」

「あら、どうして？　身分が関係ないのは私とルドルフで証明済みよ」

王妃様は不思議そうに首をかしげた。ルドルフとは恐れ多くも国王の名前だ。

「私があの場で注目を浴びてしまったので、仕方なく残したのだと思います」

「そうかしら？　母の目線で見ると、まんざらでもなさそうだったわよ。首まで赤くなっていたじゃない」

私がそう言うとコロコロと笑いだした彼女は、とても殿下の様な大きな子供がいるとは思えない。

ひとしきり笑った後、ミランダさんは急に真剣な顔になり、ややうつむきながら、口を開いた。

「あの子は歴代の王族の中でも魔力が強過ぎて暴走してしまうの。何とか装飾品で抑えているのだけど、いずれ自分の力で制御できなければ大変なことになる。アーシュの力を子孫に引き継ぐわけにはいかないと、魔力のない令嬢を集めて、アーシュと結ばれて欲しいと周囲の人間は思っている。それよりも、あの子が誰かを大事に想い、破壊する力を、護《まも》れる力に変えないといけないわ。これは誰と結婚しても同じことよ、アーシュ本人が変わらないとね」

その時王妃でもあるミランダさんが見せたのは、母である顔だった。

「まあ、あの子は昔から素直じゃないというか、意地っ張りで天邪鬼《あまのじゃく》な部分があるけれど、よろしくね、メグさん。私はいつでもハーブガーデンにいるから、また来てちょうだいね」

王妃様はそれだけを伝えると、すっくと立ち上がり、颯爽と部屋を出て行った。

「まさか王妃様だったなんて……」

何てことだろう。私は失礼な態度を取らなかっただろうか。ずいぶん慣れ慣れしい振る舞いをした気がする。

そんな考えに浸る間もなく、王妃様と入れ違いで部屋に入って来た人物を見て、驚いた。

「お前、母上と知り合いだったんだな」
ア、アーシュレイド殿下――!!
堂々と入って来ていますが、ここは私の部屋ですから。それに考え事の真っ最中ですけど！

「アーシュレイド殿下、女性の部屋に断りもなく入るなんて失礼ですわ」

と、これまた無断で入って来たレイちゃんがラテ水を片手に持ち、私の代わりに叫んだ。

そしてそのすぐ後にノックが聞こえた。レイちゃんが扉を開けると、レーディアスさんが頭を下げた後、入室して来た。丁寧な物腰の彼は扉のすぐ側に立つ。きっと殿下を見守っているのだろう。

「殿下、質問なのですが……」

「何だ」

勇気を振り絞って聞いてみることにした。大事なことだから、しっかりと確認しておかなくてはいけない。

「な、なぜこんなことになっているのでしょうか……」

一度舞踏会に出席すれば、もう村に帰れるとばかり思っていた。

「そ、それは……あの爺の態度を見ただろ？　どうにか俺の花嫁を決めようと必死で、それには候補者が一人でも多い方がいいと思ったんだろ。おまけにお前は魔力もゼロなものだから、俺とはちょうどいいだろうと、勝手にだなぁ……」

「では、訂正して下さいませんか？」

怪訝な顔をして殿下を見たが、意外にもはっきりとした声が返ってくる。

「悪いが、そう簡単にはできない。あれだけの人の前で発表されたんだ。残ってもらう」

思わず表情が引きつると、殿下はそれに目ざとく気づいた。

「……ッ！　だいたい毎日花嫁を選べとうるさいんだ。側に一人でもいれば、周囲の人間も黙るだろ！　周囲がうるさく言わなくなるまで、『ふり』でもいいから、していろよ！」

「……はぁ……」

真っ赤な顔で弁解する殿下だけれど、それって私じゃなくてもいいんじゃないの？

要するに花嫁を決められたくない殿下の、嘘の有力候補として側にいろ、ってことかしら？　それはこの騒ぎが落ち着いたら、村に帰れるってことなの？

「そもそも私、殿下のこと、何も知りませんし」

そう、候補者を名乗るほど、彼を知っているわけじゃない。

殿下のことだけじゃなく、この国のことも魔力のことも何も知らない。つい最近までヘボン村での生活が全てだったのだから。

「これから知っていけばいいだろう‼」

殿下はいきなり叫ぶと同時に私の肩をガッシと掴んだ。

その力強さに驚いていると、彼の大きくて黒い瞳が私をとらえる。

そこに宿る色は真剣さと情熱を含んでいる様に感じられた。

「俺だってお前のこと、何も知らない。だからこそ、もっと知りたいと思うし、色々話してみたいと思う自分が不思議だ。それには時間が必要で、これも良かったんじゃないかと――」

「……殿下？」

急に真剣な様子を見せた殿下に、不思議に思って声をかけると、そこでハッと我に返った様子になる。そしてみるみるうちに、彼の顔が真っ赤になっていく。

「な、な、何だよ！　恥ずかしいこと言わせんなよ、お前‼」

「で、ですが、殿下が急に……‼」

え、そんなこと急に言われても……。私もつられて顔が赤くなってしまう。

「そ、それにな、お前、その『殿下』はやめろ。堅苦しい言葉もなしだ。出会った時の様に、普通に話せ！」

「で、でも、それは失礼に――」

「仮にも花嫁候補なんだから、『アーシュ』と呼べ。俺が許す！」

困った顔をして下から彼を見上げれば、それに気づいた彼が、言葉に詰まった様な表情を見せた。そしてついには、首まで真っ赤になっている。

「二人で赤面している時に悪いけれど、ちょっとよろしいでしょうか」

その声にハッと我に返る。レイちゃんがソファに腰かけ、頬杖をついて呆れた様な、生ぬるい視線を送っていた。

「お前っ……！　いつの間に部屋に入って来たんだ？」

「はあ？　私はさっきからいましたけど‼」

殿下は不思議そうにレイちゃんを見ていたけれど、そこでレイちゃんが、すかさず口を挟んだ。

「その『周囲が静かになるまで花嫁候補のふり』という役割だけど、それはまさか、無償だというわけではないですよね？」

私はガクッときた。さすがレイちゃん。儲《もう》けるとこでは、必ず儲ける。

肩を落とした私に、レイちゃんが向き合った。

「メグ、これは報酬をもらえる仕事よ。そう思えばいいわ。それに、ここまで来たら逃げられないわよ。王妃様まで絡んでくるなんて、厄介だわ。ここは流れに身を任せるしかないと思う。他の最善な道を探しましょう」

こんな時、レイちゃんの決断は早い。こっちがだめなら別の道！　そう切り替えることができる彼女は賢い人だと思う。私はぐじぐじ悩んでしまうから、時間を無駄にすることが多いのだ。

「だけど私はどうしよう。何とか理由をつけて、メグの側にいないと‼」

私こそレイちゃんがいなくては困るのだ。自分でも依存し過ぎだとは思うけれど、離れて暮らすことなんて想像つかない。

「そうだ‼　侍女はどうかしら？　私はメグの侍女としてこの王都に残るわ‼」

「レイちゃん……」

自信満々なその申し出は、一聴していい閃《ひらめ》きだと思えるけど、一つ問題がある。いや、重要な問題が。

「レイちゃんの家事能力は破壊レベルでは……」

そう、レイちゃんは家事が苦手だ。

将来は立派なお嫁さんが欲しいと豪語しているぐらい、家事オンチだ。

「大丈夫！　気合で何とかして、メグの側にいる‼」

レイちゃんの気遣いはとても嬉しい。だけど、レイちゃん、無理だと思うの。

気合でどうにかなるレベルじゃないことを、長い間一緒に暮らしていた私は知っているよ……。

思い悩んでいるレイちゃんに、違う話題を振ろうと思って、質問をぶつけてみる。

「そう言えばレイちゃん、魔力の試験結果の最終判断はきた？」

先日、魔力を上手くコントロールできているかの最終試験を受けて来たレイちゃん。

その結果によっては王宮魔術師として、無理に拘束されないかが心配だ。

「ん？　あっさりクリア。ちゃんとコントロールできているから、監視は必要ないとの判断で」

その時レイちゃんは殿下に視線を投げ、ふふんと勝ち誇った様な仕草を見せた。レ、レイちゃん、またそんな喧嘩を売る様な真似《まね》をして!!　彼の口元が、わずかにひくついたじゃない。

「では、私から一つ提案をしましょう」

すると、それまで黙っていたレーディアスさんが一歩前に出て、初めて口を開いた。

首をかしげた私達は、レーディアスさんの提案に耳を傾けた。

「私の婚約者になれば、私の家の権限で、レイさんはメグさんの側にいることができます」

「え……」

それを聞いて言葉を失くした私は、すかさず隣にいるレイちゃんを見る。

レイちゃんは口を開けたまま、固まっていた。

「どうでしょうか、あなたにとって悪い話ではないと思いますが」

「でもそれ……」

ゆったりと静かな動作で笑みを浮かべる彼。だけど、何か裏がある様な気がして、怪しい。

そんなうまい話はあるのだろうか。それをすることによって、レーディアスさんが得することっ

けは嫌だったのだ。

て何？　私は彼の表情をうかがう。

本音を言えば、レイちゃんに側にいて欲しい。だけどそれによって彼女の重い負担になることだけは嫌だったのだ。

「レイさんにとって、悪い話ではないと思います」

「そうだね、こっちが得することばかりだね」

「では――」

レーディアスさんは始終笑顔を向けている。

そこで意を決した様に、大きく息を吸ったレイちゃんは――。

「だが、断るッ」

何の迷いもなく叫んだ。相変わらず男前。

レーディアスさんは、少し片眉を上げた。断られるとは想像していなかったのかもしれない。

「レーディアスには、そこまで迷惑かけられないから」

「レイちゃん」

私の心配する表情に気づいたレイちゃんは、私に向かってうなずいた。

「大丈夫。私はメグから離れないから、心配しないで」

レイちゃんの力強い言葉に、胸をなで下ろした。

「なぜですか？　悪い話ではないと思います」

しかしレーディアスさんは、断られたにもかかわらず、笑顔を絶やさない。しかも、引き下がらない。

レイちゃんはレーディアスさんの整った顔を見つめる。その眼差しは真意を探るかの様だ。

「あっ……！　もしかして‼」

そして閃いた様に、叫んだ。

「婚約者という立場にして、報酬を狙ってる⁉」

そこで横から聞こえてきたのは、殿下の呆れた声だった。

「おいおい。レーディアスは騎士団長だし、それなりの給金だって受け取っている。そもそも家柄だって由緒正しいファラン家であって、報酬のことなんて頭にあるかよ」

そう言われたレイちゃんは、どこか納得していない様子だ。

唇を噛みしめた後、その瞳をのぞき込み、自分の意志をはっきり告げた。

「正直、私はレーディアスの周囲の女性から誤解されて、恨まれそうで嫌なのよ。面倒事は勘弁して欲しい」

そう本音をぶつけたレイちゃん。

「――いませんよ」

「え」

いきなり腕を強く掴まれたと同時に、強い眼差しを向けられたレイちゃん。

いつもは穏やかな笑みを見せる新緑の瞳が、熱情を含んでいる様だ。

「特定の女性などいません。確かに食事をする程度の友人はいましたが、あなたに誤解される様なことは今後一切しません。もう、会いません」

「は？」

「そう告げた上で、あなたの婚約者を名乗り出ています」

困惑して眉をしかめるレイちゃんと、殿下の冷やかす様な口笛が耳にヒューっと聞こえる。

うつむいたレイちゃんは、しばし迷いの表情を見せた。

「その方が手っ取り早いです。元より、私がお二人を連れて来たのですから」

そこをレーディアスさんが、すかさず押してくる。

「でも、やっぱり無理」

レイちゃんは、迷いなく言い切った。その時、レーディアスさんの穏やかな顔のこめかみ部分が一瞬動いたのが見えた。まさかの想定外の返事だったのかもしれない。

「私は私でメグの側にいられる方法を探すから、大丈夫よ」

レイちゃんはっきりと告げる。

「さあ、もう夜も遅いです。紳士だというのなら、この部屋から退室してもらってもいいですか？」

そう言ってレイちゃんは、殿下とレーディアスさんを部屋から追い出した。やっぱり強者だ。

男性二人を追いやって退室させた後、レイちゃんは私にも言った。

「このままいろいろ話し合っても、疲れた体じゃ思考が働かない。メグ、今日のところは早く寝ましょう」

確かに今日はいろいろあって疲れた。返事の変わりに一つうなずくと、早々に眠りについた。

翌日、レイちゃんから庭の散策へ誘われた。土を歩く感触や花の香りを楽しめば、少しは気分転換になると思った、彼女なりの気遣いだろう。

「どうしよう……。なぜ私が残っているんだろう」

青空の下、不安そうな顔を見せると、レイちゃんが私の両肩を強く掴んだ。

「もう少しの我慢だと思うしかないわ。どっちみち、ここまできたら、逃げられない。落ち着くまで待つしかないわ」

レイちゃんの判断力は冷静だ。

「だけどね、メグがどうしても嫌だと判断したら、その時は私と一緒に村に帰ろう。どんな手を使ってでも――」

レイちゃんがそう言うなら、それは本心からだ。ね、レイちゃん、無理やりにでも決行しそうな勢いで怖いよ。しかしその言葉にすごく安心できて、救われる。側にいてくれるだけで、とても頼りになる存在だと思う。

「ありがとう、レイちゃん」

空を見上げれば、高い城壁がそびえ立つ城。

だけどそのさらに上には、天高く、太陽が光り輝いている。どんな困難にぶち当たっても、その先に存在する、光あふれる希望を忘れちゃいけない、ってことだよね。私は自分自身に言い聞かせた。

「大丈夫よ、メグ。何も心配いらないわ。今は周囲が勝手に盛り上がっているけど、もうしばらくすれば落ち着くわよ。それにメグの他に二人も候補者がいるんでしょ？　心配いらないわよ」

「そっか……。そうだよね！　私なんて飛び入り参加だしね!!」

それまでうつむいていた私は、顔を上げた。

「私ってば心配し過ぎよね。殿下はたまたま条件の合った私を側に置いて、厄介事から逃げたいだけよね。うん、しばらくの辛抱だもんね」

「そうよ、それが終わったら、二人で観光して村に帰ろう!!」

そこでやっと私は安心して笑みを浮かべることができ、顔を上げた。太陽の光が目に入り、その眩しさに顔をしかめた。

「あ～安心したら、何だかお腹が空いたかも――」

そう言えば、昨夜からあまり食べてない。背中を伸ばしながら、間延びした声を出した。

その時、私のすぐ目の前を何かが落下した。次に砕かれた様な鈍い音が、耳に聞こえた。

驚いて足下を見た私達の視界の先では、レンガが粉々に砕けて地に散らばっていた。

「……」

「……」

私とレイちゃんは体勢が固まったまま、しばらく無言になる。散歩中、どこからか落ちて来たレンガ。思わず見上げるが、そこにあるのは高い城壁だけ。人の気配など感じられない。

「このレンガ、ど、どうしたのかな？　風でも吹いて、落ちたのかしら」

そして始まる、現実逃避。だけど、声が上ずってしまう。

「レンガは落ちて来ないわよ、普通」

ここでもレイちゃんの判断は冷静だ。

そう、これは確実に誰かが落としたのだろう。それは誰が？　何のために？

「狙われているのかもしれないわよ」

「えっ……」

「考えてもみて？　舞踏会でメグが候補者に選ばれて、悔しいと思っている女性だっているかもしれないわ」

「……」

私は絶句した。冷静に考えてみれば、私の存在が邪魔だと思う人がいてもおかしくない。

「どうやら、厄介事に巻き込まれてしまったみたいね」

「……レイちゃん」

何て卑怯《ひきょう》な真似を仕掛けてくるのだろうと、怒り心頭のレイちゃんを前にして、私は呆然と立ち尽くす。

「メグ、これから先は一人で行動しないで!!　何があるか、わからないから」

「わ、わかった」

「こうなったら、メグを守れるほど、私が強くなるから!!」

きっぱりと言い切るレイちゃんの瞳に嘘はない。彼女の強い意思が感じられる。

「次に会ったら殿下に危険手当も請求してやる‼　割り増し請求確定だ！」

「……やっぱりそこか、レイちゃんの守銭奴」

私は脱力した後呟いた。

第三章【メグ】 花嫁候補とアーシュ

その翌日、殿下の花嫁候補三人での顔合わせが行われる。

私以外の二人は由緒正しい家柄とのことで、きっと淑女なんだろうな。

もしかしたらお友達にでもなれるかしら。――そう考えていた私が、つくづく甘かったと思い知ることになる。

顔合わせの場である広間へと案内されると、私の視界に入ったのは二人の女性だった。

丸いテーブルに三人向かい合わせで椅子に腰かけると、それが合図かの様に、紅茶のセットが運ばれてくる。

「私はロザリア・サナトーラです。ロザリアと呼んで下さい」

私の左側に座っているのは、背の高い黒髪の美人さん。あの舞踏会で、私がぶつかった人だ。

艶のある長い髪を下ろして大人っぽい雰囲気で、落ち着いた上品な人だ。彼女は透き通る様な美しい瞳を細め、静かに微笑んだ。

「一度お会いしていますよね」

にっこりと私に微笑みかけてくれる姿はまさに天使の図。私のことを覚えていてくれたのだと嬉しく思ったその時、咳《せき》払いが聞こえた。

「フィーリア・カドスよ」

こちらは、丸顔で目がくりくりしている可愛らしいタイプだ。瞬きをするまつ毛の、何たる長いこと。パッチリ二重で、髪はウェーブで波打ち、お人形さんみたいだ。顔なんて、すごく小さい！

「メグです」

この二人に比べると、至って地味な気がするが、それが私だ。

二人に向かって名乗ると、深々と頭を下げた。しかし、生まれも育ちも異なる私達に、共通の話題なんてあるのかしら。これで緊張するな、って方が無理だと思う。

侍女がティーセットの準備を始めると、紅茶の香りが部屋に充満してきた。

三段重ねのティースタンドと、その中に入っているお菓子を見た時は、テンションが上がった。

小さなカップケーキに、少し焦げ目のついたスコーンや美味しそうなクッキー。

陶器でできた花柄の皿の上に乗っている図が、たまらなく可愛いと思ってしまう。レイちゃんも甘いお菓子が大好きだから、食べさせてあげたいな。私は思わず瞳を輝かせた。

美味しい紅茶とお菓子に囲まれたら、初対面でもある程度は仲良くなれるかもしれない。

そう考えたら、緊張も少し和らいできた。

そして部屋から侍女が退室すると、隣に座るフィーリアが、私に可愛い顔を向けた。

「あなたみたいな平凡くさい女が候補者だなんて、驚いたわ」

……………ん？

この台詞は私に向けたのですよね？　思わず周囲を見回していると、

「あなたに言っているに決まっているじゃない。メグ」

やっぱり私でしたか！　いきなりそうきたか‼　予期せぬ攻撃的な言葉に驚いてしまう。

「それに、すごい食い意地ね。ティースタンドを奪って食べそうなほど、見入ってたわよ」

確かに美味しそうだと思ったけれど、それ以上に、その可愛らしさに目が釘づけだったのだ。

しかしそう思われても仕方ない。瞳を輝かせて見ていたのは認める。思わず頬が赤くなってしまった。

「だいたいうさん臭いわよ。魔力がゼロだなんて。ありえないわ。あなた、ここにくる前は、どうやって生活していたのよ？」

「それは村で……」

「村ですって⁉」

私の声を遮ったフィーリアが、驚いた声を上げる。

「驚いたわ。どうりでどこの家の出身とも言わないはずよね」

そこでフィーリアは、私の頭のてっぺんからつま先まで、ジロジロと無遠慮な視線を投げた。

これは完全にケンカを売られている。ここまであからさまな敵意を受けるのは、初めてだ。

クスクスと聞こえた笑い声に思わず顔を向けると、そこには美しい顔で笑うロザリアさんの姿があった。

「ほら、ごらんなさい。彼女もあなたのことを笑っているじゃない」

ここでレイちゃんなら、何がおかしいとか、みずから切り込んで行くのだろうけど、私にはそんな度胸もない。

例え言えたところで、後々後悔してしまう性格なのだ。『今のはちょっと言い過ぎたかな？』と、悩んでしまうのが目に見えている。

言いたいことを言ってストレスになるぐらいなら、言わないストレスの方を私は選ぶ。

それとは反対にレイちゃんのポリシーは、『グチグチ悩んでいるよりも、言いたいことをぶつけちゃえ!!』そう考えて、即行動に移す。要するに、私とは真逆の性格なのだ。

クスクスと笑うロザリアさんの声に加わり、フィーリアも嘲笑《あざわら》う。

フィーリアの発した言葉に、ロザリアさんが加担したことで、ますます声を張り上げた。

「本当に場違いね、あなた」

そんなこと言われても…………。

私もそう思う!!

本人も同意するということは、周囲の人間だってほぼそう思っているだろう。できればそれを、私じゃなくて殿下に直接言って欲しい。

「本当にそうかしら？」

「え……」

その時、フィーリアと一緒になって笑っていたロザリアさんが、まるで射抜くかの様な視線をフィーリアに投げた。

「私はあなたに対して笑ってしまったのよ、フィーリア」

「なっ……」

予想外の言葉をかけられたフィーリアは、ただ固まっていた。瞬きを繰り返す様子から、まだ頭の中で状況の整理がつかないのだろう。もっとも、私も驚いて口を開けてしまった。

「よく考えてごらんなさい。アーシュレイド殿下本人が候補に残すことを希望した女性、それが彼女だわ」

「……っ！」

「あなたが焦る気持ちはわかるけれど、これればかりはどうしようもないわ。だって、選ばれる女性に身分は関係ないもの」

すごい。一瞬で、フィーリアを黙らせた。

「なぜそうまでして魔力を薄めたいのか、メグさん、わかる？」

そこで急に私に振られたので、正直に答えた。

「いいえ、わかりません」

「そう、じゃあ、私からお話しするわね」

そこから、ロザリアさんの話が始まる――。

「昔から王族の魔力は強いわ。だけど、時折並外れた魔力を持った子が産まれるの。先祖返りと思われるわ。千年前に一度、怒りに身を任せた王族の一人によって、一つの街が火の海になるところだったのよ。その王族の血筋が色濃く受け継がれてしまっているのが、アーシュレイド殿下だわ」

怒りに任せて火の海って、どんだけ。

遠い目をする私に構わずに、ロザリアさんは続けた。

「それ以降、強い魔力の王族が現れると、周囲はやっきになって、抑えようとする。魔力封じの装飾品に、日々魔力を抑え付けようとする訓練。並大抵ではないと聞くわ。しまいには魔力の薄い女性と結婚して、少しでも血を薄めようとする。それもみな、遠い記憶にある出来事を繰り返してはいけないと必死になっているの」

そこで静かにフィーリアに視線を投げ、まるで語りかけるかの様に話し出す。

「だからこそ、魔力なしのメグさんの存在が稀なの。家柄のいい娘なんて、ゴロゴロいるけれどね」

「……っ‼」

言葉に詰まったフィーリアに、さらに続けた。

「私もあなたも魔力が薄いと言われているけれど、メグさんには敵《かな》わないわ。それこそ私も、初めて聞いたわ。魔力がないなんて」

それは生まれた国が違うからでしょうか。あ、でもレイちゃんは魔力が膨大だし、異世界人は極端かもしれない。

フィーリアは悔しげに唇を噛みしめると、黙り込んだ。すごい、涼しい顔して相手をやり込めた。

こんな時、レイちゃんだったら、直球勝負に出て相手を威嚇する。

ロザリアさんはレイちゃんとは違う方法で、相手にやんわりと牽制《けんせい》をかけた。

決して感情的にならずに、その方法は鮮やかだ。どちらにしろ私にはできないことだから、尊敬してしまう。

その後は、何事もなかったかの様に、紅茶のカップを口に運ぶロザリアさん。

そしてフィーリアはというと……にらんでる、にらんでる！　めっちゃにらんでますけどー!!

しかも相手は私なんですけど……。なぜ!?

どうやらフィーリアは、ロザリアさんに喰《く》ってかかるのは、上手くないと判断したのだろう。その判断は正しい。だって、どうやっても勝ち目がないもの。だからこそ、八つ当たり兼、むかつく私に標的を定めたのだ。

か、勘弁して欲しい、本当に。なぜか私はいつも損な役割だ。

そこでロザリアさんは、フィーリアの視線を華麗にスルーして、私に向かって微笑んだ。

「さあ、紅茶が冷めてしまうわ。美味しく頂きましょう」

そこからのお茶会は、ギスギスした空気の中、何事もなかった様に紅茶を口に運ぶロザリアさんと、私をにらみ続けるフィーリア、空気を読み過ぎて逆にツライ私の三人で、無言のまま時間だけが過ぎた。


「メグ、お帰りー」

最悪の雰囲気だったお茶会もようやく終わり、疲労感だけが残された私が部屋に戻ると、レイちゃんが出迎えてくれた。

「どうだった?」

「うん、疲れたよ」

そう言ってソファに倒れる様に座った。

「何か言われた？」

「……ちょっと、ね」

さすがレイちゃんは私の顔色を見て、察したのだろう。腕まくりを始めた。

「よーし！　メグをいじめるなよって、今から牽制かけてくるわ！」

「わわわ！　いい！　大丈夫だから！　大したことは言われてないから、レイちゃんは座ってて！」

危ない危ない。うっかり話せばレイちゃんが暴走するかもしれない。それもありえるので、余計なことは言わない方がいい。

「メグはさ、我慢し過ぎなんだよ。そんなんじゃ、なめられてしまうから、たまに一発先制パンチをくらわすぐらいの勢いじゃないと！」

力説するレイちゃんに、私は苦笑いで返す。

それこそ私のヨタヨタパンチなど、相手に当たったのかわからないぐらいの、微妙な威力しかないだろう。その結果、フィーリアからカウンターをくらいそう。それも痛恨の一撃だ。自分自身が吹っ飛びそうで怖いわ。

「はぁ」

何だろうな、こんな弱い自分が時折嫌になるけれど、私もいつか変わることができるのだろうか。

「ところでレイちゃんは何をしてたの？」

「うん、ちょっと用事があって、出かけてたんだよ」

レイちゃんは意味深な言い方して笑うけれど、どこへ行ってたんだろう。

そうこうしていると、殿下が私を呼んでいると知らせを受けた。私は重い腰を上げると、彼のいる部屋へと向かった。

「失礼しま――」

「お前、大丈夫だったか!?」

部屋に入ると開口一番に、殿下が詰め寄って来た。え、何のことだろう？

私は首をひねる。それにしても相手の神妙な顔つきが気になる。

「大丈夫ですが……」

「良かった!!」

ホッと息を吐き出した後、いきなり手を強く握りしめられた。

その手の大きさを感じて私は動揺してしまう。彼は私の混乱に気づかずに、まくしたてた。

「お前の姿が見えないから探していたら、レイが『戦いの場に行った』なんて言うものだから、どこへ行ったかと焦ったじゃないか」

レイちゃん、それはある意味当たっている。だけど遠回しな言い方では、この人は気づいていない。

「だからお前が、ケガでもしてくるんじゃないかと、心配していた」

目に見える場所にケガはしない。その代わり、ぐっさりと心をえぐられることがある。

それが女の戦い。

突然、私の両肩を掴んだと思ったら、殿下は力強い視線を投げて来た。

ち、近いんですけど、顔が！

「それはそうと、何かあったら俺に言え」

「え、なぜ……？」

「お前が俺の花嫁候補ってことは、つまり、俺が守るのは当然だろう‼」

「…………」

意外な言葉をかけられた私は、思わずパチパチと瞬きを繰り返してしまった。

それを見て、私の肩を掴んで力説していた殿下は、ハッと我に返った。

「や、や、や、今のはだな……」

慌て始めた彼は両手を振り、しどろもどろだ。

「と、とにかく！　俺に言えよ！」

「言ったらどうなるの？」

思わず興味本位で聞いてみた。

「そ、そうだな。場の状況を聞いて、公平な裁きを下すと思う」

そうか、彼なりに場を諌《いさ》めようとするのだろう。私はホッと胸をなで下ろすと——。

「……その前に魔力が暴走しない自信がないな」

今、ボソッと怖いこと言った——‼　聞き逃さなかったぞ‼

とりあえず、彼なりに私を心配しているのだということは伝わった。自分の都合で私を振り回しているという自覚があるのだろう、きっと。

「あの、殿下……」

「その呼び方、違うだろ！　俺は『アーシュ』と呼べって、そう言ったはずだ」

「で、でも私なんかがそう呼んでいいものか――」

正直迷ってしまう。そう告げると彼はため息を一つ吐いたのち、言葉を吐き出した。

「俺が呼んでいいって言うんだから、いいんだよ！」

頬を赤く染めた殿下が、私に向かって叫んだ。

「それにお前、自分のこと、『私なんか』って言うけどな、そんな卑下すんなよ！　お前のこと大切に思ってる奴だっているだろ。そいつらにも失礼だろう」

ミランダさんに言われた様なことを殿下にも言われて、私はうつむいてしまった。

「も、もちろん俺もそれに含まれるけどな‼」

「え……」

「何だよ、その意外そうな顔！　俺だって、どうでもいい奴をわざわざ選んで候補に残そうとは思わない！　それにお前、星を見るのが好きだと言っただろう。実は俺も好きなんだ。子供みたいだと笑われるのが嫌で、誰にも言ったことなんて、なかったけどな」

そう言葉を吐き捨てた彼は耳まで赤かった。

「だけどお前は笑わずに聞いていた。初めて会った時、俺も自然に話せたから、もっと話してみたいと思ったんだ。だが、ここに残すのは、自分のわがままだって、十分にわかっている。だからこそ、嫌な思いはして欲しくないんだ」

「殿下……」

知らなかった、彼がそんな風に考えていただなんて。

「ほら、またそう呼んでいる。アーシュと呼べって言っただろう?」

強く押し切られる形で瞳を見つめられ、私は彼の名前をおずおずと口に出した。

「……アーシュ」

「あ? 聞こえない」

声が小さかったのかしら。先程よりは大きな声で呼んでみる。

「アーシュ」

「もう一度」

私は息を吸って、お腹に力を入れると同時に声を出した。

「アーシュ!」

「よし、合格点だ」

そう言った後、彼は大きな手で私の頭をなでた。その手の体温を感じた私は、胸が高鳴る。

私を見て目元をほころばせる彼は、はにかんだ様に笑った。

「田舎くさい村へ、さっさと帰ればいいのに!!」

ドンッという壁を叩く音に一瞬驚き、身を震わせた。

庭のお散歩中、レイちゃんがちょっとお手洗いに行った隙に近づいて来た彼女。

きっと私が一人になるのを狙っていたのだろう。

目の前にある、可愛らしいフィーリアの顔が憎々しげに歪み、私をにらむ。私は目を伏せて、静かに息を吐き出した。

「聞いているの⁉」

はいはい、聞こえてますよー。こんな至近距離じゃ、嫌でも聞こえますわー。

ただいまの私は、フィーリアに壁際まで追い詰められて、逃げ場がない。

女子の憧れ壁ドンも、こんなシチュエーションなら、絶対萌《も》えない。

そして標的である私は、しっかり拘束されています。ああ、この場をどうやって逃れようかと考えを張り巡らせる。

「あの、フィーリアさんは殿下をお好きなのですか」

「は？　そんなこと、あなたに教えるまでもないと思うけど、教えてあげるわ」

もったいぶる素振りを見せた彼女だけど、結局教えてくれるらしい。

「相手は何て言っても、一国の王子よ。何たって、顔よし、身分よしとくれば、たった一つの欠点ぐらい、目をつぶる気にもなるわよね」

「……そ、そうですか」

「陰では破壊の王子とか言われているけれど、噂が大きくなっているだけでしょ？」

その時、フィーリアの声が周囲に響いたと当時に、大気をつんざく様な爆音が聞こえた。

その激しさに思わず目と耳を塞いでしゃがみ込んだ。いったい、何事⁉

「なっ……‼」

そして再び目を開けてみれば、背後の壁に、亀裂が入っている。

それに気づいた私は慌てて壁から体を離す。

直後、亀裂が軋《きし》み始めたと思ったと同時に、壁が崩れ落ちる。

壁に手をついていたフィーリアは、その崩壊と共に、体勢を崩して倒れ込んだ。

フィーリアは突然のことだったので、何が起きたか理解していない様だ。

呆けた顔で地面に転がっている。

「なかなか楽しそうな話をしているな」

「ア、アーシュレイド殿下……」

彼の出現により、即座に理解した。魔力の塊を壁の一部にぶつけたのだろう。見事にプスプスとくすぶっている。

「ああ、すまん。魔力のコントロールが上手くできなくて、今は壁に当たったけれど、次回当てたら悪いな。その時は避《よ》けてくれ」

さらっと言うけれど、それ簡単じゃないから。もっとも私は城に来た初日に、城の一室が吹っ飛ぶのを見ているので、さほど驚かない。慣れって怖い。

地面に転がっているフィーリアは、徐々に表情が青ざめていく。

「わ、私、用事を思い出しましたわ……!!」

そう言うとすっくと立ち上がったフィーリアは、一目散に駆け出した。

「これで俺に関する噂が嘘じゃないと、身を持って知っただろう。それこそ、幼い頃はもっと制御できなくて『化け物じみた力』なんて、よく言われたもんだ。……ま、言われ慣れたけどな」

アーシュの呟いた言葉を、ふと拾い上げる。

自嘲気味に言うけれど、そんなことを言われ慣れたなんて嘘だ。心が痛むに決まっている。そう考えたら、自然と口にしていた。

「そんなことないよ。これからの自分次第だよ。化け物になるか、大物になるかなんて」

「…………」

ゆっくりと顔を私に向けるアーシュは、釣り目がちな瞳を、大きく見開いていた。

「辛い時に無理して笑うより、辛いって言ってもいいと思う」

ついポロリと口から出た言葉に、私自身が一番驚いた。

「あ、ごめんなさい。私、生意気なことを言っちゃって……」

慌てて取り繕うけれど、アーシュは意外そうな顔で瞬きをした。

その後も無言で何かを考えている様子を見せている。

もしかして怒らせてしまったのだろうかと、不安になった私は顔をのぞき込んだ。

その瞬間、ハッと我に返ったアーシュは私の顔を見つめた。

「……いや。俺は昔から、弱音を吐くなと教育されてきたから、正直意外なことを言われて戸惑っているだけだ」

「そ、そうかな」

「お前にそう言われて、何かが胸にストンと落ちて来た様な不思議な気持ちだ」

どこかで発散して、それを機にまた元気になれるのなら、弱音を吐ける場は必要だと思う。

一人で抱え込んで悩んでいるよりも、吐き出してしまった方が楽になれると思うし。

「化け物になるか、大物になるか、自分次第、か……」

自分に言い聞かせるかの様に呟いたアーシュは、次に私に顔を向けた。

「だけど俺、お前に出会えて良かった」

「え、え」

突然、あまりにも素直にそう言われたので、顔が赤くなる。

アーシュがそれを見て、フッと笑う。もしや私は、からかわれているのでしょうか。

「俺もどうせなら、大物目指すか!!」

やる気を出してきたアーシュの発言につられて微笑むと、人の足音が聞こえた。

「メグ」

「レイちゃん」

レイちゃんが戻って来た。すさかずアーシュに視線を投げた後、壁の崩壊した部分を見つめている。どうやら気づいたみたいだ。……そりゃ、気づくか!!

「あら、殿下。この壁の崩壊はどうしたのかしら?」

「ああ。ここら辺、暑かったからな、穴を開けてやったんだ」

「それにしても開き過ぎじゃない⁉」

「いや、ちょうどいい風穴具合だろ」

二人は言い争いを始めたけれど、軽口を叩きあって、どこか微妙に楽しそうだ。

何だかこの二人って、ちょっとどこか似ている……？

そう思ったけれど、口にするのはやめておいた。二人に全力否定されると思ったから。

「だいたい『お前に出会えて良かった』って、どういう意味？」

「お前っ……‼　聞いてたのか‼」

「聞いているも何も、離れたところでずっと見守っていたわよ！　邪魔しちゃ悪いと思って、私なりに気を遣っていたけれど、前みたいに殿下に押し倒されたら困ると思って出て来たのよ‼」

「だ、誰が押し倒したっていうんだ‼」

うん、実に爽快にポンポンと会話を繋《つな》げる二人は文句を言い合い、そのくせ楽しそうだった。

「そこメグ！　笑わない‼」

顔をほころばせていると、レイちゃんがすかさずそれを指摘してきた。

そこでこらえきれずに、つい声を出して笑ってしまった。何だか二人の掛け合いが面白くって！

そうしていると、後方からも笑い声が聞こえた。

「皆さんで、賑《にぎ》やかですわね」

その声の方を振り返ると、ロザリアさんが笑みを浮かべていた。側には可愛らしい女の子が仕えていて、軽く頭をペコンと下げてくれた。

「ロザリア」

そう名を呼んだのは、アーシュだった。そうだった、ロザリアさんは幼馴染だったはず。

「とても楽しい方ですのね、メグさんのお友達は」

嫌味を含まないロザリアさんの言い方は、とても好ましい。それに友人を褒められて、私だって嬉しくなる。

「ロザリアさん、私の友人のレイです」

「ご紹介ありがとうございます。私はロザリアです。それとこちらは私の小間使いとして側に仕えているラティナです」

ロザリアさんが側にいた少女を紹介してくれた。年齢は十歳ぐらいだろうか、私達を見ると恥ずかしそうにうつむいたけれど、きちんと頭を下げた。真っ直ぐな黒髪がさらさらと、肩から流れ落ちる。

「ロ、ロザリア様にお仕えしているラティナです」

たどたどしく緊張している様子だったが、礼儀がしっかりしている。そんな印象だった。

対するレイちゃんを振り返ると、眉根をひそめ、少し表情が硬かった。どこか緊張した様な空気を醸し出している。

「レ、レイちゃん……」

慌てて服の袖を引っ張ると、レイちゃんが我に返った。

「ああ、ごめんなさい。ボーッとしてました」

どう見たってボーッとしている様子には見えなかった。いったい、何を考えていたのだろう。

不思議に思っていると、ロザリアさんがアーシュに声をかけた。

「アーシュレイド殿下。さきほど騎士団長様がお探しになられていましたわ。私はそれをお伝えに来ましたの」

「あっ、やばい!! もうそんな時間か」

それを聞いたアーシュは焦った様子で、

「じゃあ、俺は行く。またな!!」

そう言うと急いで駆け出した。それを見たロザリアさんは微笑む。

「では私も、失礼しますわね」

ロザリアさんがそう言うと、隣に立つラティナも頭を下げた後、二人で去って行った。

「素敵な人だね、ロザリアさん」

「…………そうね」

皆の背中を見守る中、私が呟くけれど、レイちゃんの反応が鈍い。

いったい、どうしたのだろう。

「しかしさっきの彼女、何だっけ? あのそそくさと逃げてった彼女」

「ああ、フィーリアのこと?」

「すっごく解りやすい反応だったわよね」

真っ直ぐに敵意をぶつけてくるフィーリアは、ある意味正直なのだろう。

「うん。最初から敵意を持たれている。それを隠そうともしないのだもの」

「むしろ、そのぐらい直にぶつけてくる方が、可愛いのかもしれないわよ」

レイちゃんが意味深な言葉を吐くけれど、何かあるの？

「何だか、レンガの件があったから、会う人を最初は、疑ってしまうわ」

「……レイちゃん」

「本当に、誰が何の目的で、メグを邪魔だと思っているんだろう」

それきり黙ってしまったレイちゃんは、何かを考えている。

このまま何も起こらずに、無事平穏な日々が送られたらいいのだけど——。

私はそう祈らずにはいられない。


数日後、私とレイちゃんは気晴らしに城の中を探検することにした。時間を持て余していたのもあるし、城内を歩き回っていいとの許可ももらっている。

これ幸いとばかりに美術品を見ようと思い、骨董品《こっとうひん》の集められている部屋へと足を向けた。

そこには歴代の王が描かれた絵画に、細かな模様の入った陶器の花瓶がずらりと並ぶ。武器の骨董品などは、歴史を感じる。

ベルベットの真紅の絨毯の上に置かれた甲冑《かっちゅう》は、本当に人が入っていて、今にも動き出しそうな雰囲気を漂わせていた。

「レイちゃん、すごいねー」

「うん。これ全部売り払えば、いくらになるんだろ」

レイちゃんらしい本音を聞き、思わず倒れそうになった。

「しかしすごいよね、こんな重い甲冑を身に着けるだなんて、それだけで身動きとれなそうだよね」

私は甲冑の騎士の側に寄る。背丈も私よりもぐんと高いし、重さだけで相当ありそうだ。

感心した気持ちで、甲冑の騎士の顔をのぞき込んだ。もちろん人など入っていない。

「ねえ、メグ。私メグに内緒にしていた話があるんだ」

「えっ？　何のこと？」

上機嫌なレイちゃんの声が聞こえたので、顔を向けようと体を捻《ひね》った。

「――メ、メグ!!」

「え？」

振り返ったと同時にレイちゃんの焦った声が聞こえ、必死の形相のレイちゃんが視界に入る。驚いた瞬間、レイちゃんが私の腕をグッと力強く摑み、そのまま引き寄せた。

その勢いのまま、私は前につんのめり、転んでしまい、膝を強打した。

「痛《い》ったー!!」

今のは痛かった！　膝の骨が粉砕したかと思った!!

それから遅れること数秒後、私の背後で轟音が鳴り響いた。

「…………」

今の音は何だろう。

恐る恐る背後を振り返ると同時に、思わず手で口を抑えた。想像もしなかった光景が視界に入り、叫びそうになったからだ。

そこには、甲冑の騎士が手にしていた剣が振り下ろされ、床に、深々と突き刺さっていた。

一気に血の気が引いた。

レイちゃんが私を引っ張ってくれなかったら、あの剣を振り下ろされていたのは私だったはず――。

そうだとしたら最悪、ケガどころじゃ済まないだろう。想像しただけで、体に震えがくる。

甲冑の騎士の中には人が入っているわけではない。さっきのぞいた時で、確認済みだ。

だけど剣が振り下ろされたのは偶然なの？　剣の固定が甘かったとか、緩んでいたの？　けれど偶然にしては出来過ぎている。

私が呆然としていると、先程からレイちゃんが言葉を発しないことに気づく。

「……ひっ……!!」

振り返ると、喉の奥から思わず変な声が漏れ出てしまった。

そこにいたレイちゃんは、ただならぬ怒気を身にまとっていた。

険しい顔をして甲冑をにらむレイちゃんの顔つきが、尋常じゃなく怖い。たった今経験した恐怖体験と同じ、いやそれ以上だ。

「これは……」

レイちゃんは一言呟くと、鼻をスンと鳴らした。私は不思議そうにレイちゃんを見ているけれど、それを気にした風もない。

「……ねえ、メグ、帰ろうか」

「うん。部屋に帰ろう」

とてもじゃないが、このまま城の探検気分などではない。深いため息をつく。

「バッカ！　部屋なんかじゃなくて、村へだよ」

「え？」

「帰ろう‼」

それは話が飛び過ぎじゃないのか？

「殿下にお願いしてみよう！」

早々に決断を下したレイちゃんに私が焦った。

「え、い、今から？」

そりゃできるのなら帰りたいけれど、そんなこと可能なのだろうか。それに報酬のお金ももらえないけどいいの？　探る様な視線を向ければ、

「お金よりも、メグの身が心配だって‼」

そう言って、私の肩を痛いぐらいにガシッと摑んだ。

「レイちゃん……」

いつも守銭奴だなんて思っててごめん。

こんな時、本当に頼りになる。一番私のいい方向へ決断してくれる。

「善は急げよ、この足で行くわよ！」

そう言って駆け出したレイちゃんは、数歩進むといきなり立ち止まった。

「あ、忘れてた」

「どうしたの？」

不思議に首をかしげれば、そのまま少し戻り、甲冑の騎士の側まで近づく。そしておもむろに足を振り上げて、

「メグに手を出すな！　お返し‼」

甲冑の騎士に蹴りを繰り出した。

「…………」

思わず絶句。しかも相手は甲冑だよ？　蹴った足の方が痛いでしょう。

「うん、ちょっとすっきり。よし行こう！」

い、いいのか！　足は大丈夫なのか！

心配する私を尻目に、若干だけど気の済んだ顔を見せたレイちゃんは、鼻をスンと鳴らした。

そして私と共に、急いでその場を後にした。

そこからのレイちゃんの行動は早かった。

セバスさんに連絡を取り、何とかアーシュへの面会をお願いした。

そして今、私と二人でアーシュの部屋を訪ねて来たところだ。

「アーシュレイド殿下、お願いがあります。メグを解放して頂けませんか」

入室の許可を得た後、開口一番にレイちゃんは直球を投げた。

かしこまった物言いは、先日まで二人で言い合いをしていたとは思えないぐらい、距離を取っていた。

アーシュは瞬きをした後、驚いた表情で小さく口を開けた。

「元より、魔力なしと言われ、無理やり連れて来られただけです。荷が重過ぎます。それに命が大事ですから」

「命……？」

「ええ。殿下の花嫁候補となってから、命の危険を感じる嫌がらせを受けています」

「なっ……！」

どうやら想像していなかったらしいアーシュは、言葉に詰まった。

「お前、何かあったら言えといっただろ？　どうして言わないんだよ？」

「それは……」

明らかにムッとした表情に変わったアーシュだったけれど、だって、いきなり『狙われているかもしれないんです』なんて言ったって、そこまで甘えていいものか、迷うのだ。

ずっとレイちゃんと二人でやって来た私は、他人への頼り方やタイミングが、どうもわからない。

「……そんなに頼りないかよ」

「いえ、そんなつもりじゃ……」

少し傷ついた様な表情の彼を見て、胸がチクリと痛んだ。

「お前の心配はわかったが、断る。悪いが一度決定したことは、簡単には覆せないんだ」

それを聞いて一瞬落胆するけれど、どこか納得した。

やっぱりね、帰ります、はいそうですかとは、いかないと思っていたけどさ。

「そうですか、わがままですね」

納得していないレイちゃんがそう言うと、

「誰がわがままだというのだ。お前は少し過保護過ぎやしないか」

その瞬間、空間に、ピキッと亀裂の入る音がした気がする。そして部屋の空気が険悪なものへと瞬時に変わる。これはいけない！

「あの……」

アーシュとレイちゃんが鋭い視線を交える中、勇気を出しておずおずと口を開けば、

「メグ、ちょっと黙っててね？」

「ああ、少し口を閉じててくれ‼」

二人に一喝されるけど、わ、私の話ですよね？　当事者ですよね、私。

ビリビリと、目に見えない火花が散る。

うん？　あれ？

目に見えないと思ったけれど、レイちゃんの手の中でまぶしく光るのは……。

私は手でごしごしと、右目をこする。そして再度視線を投げるも、視界の先にあるのは魔力の

塊！

み、見間違いじゃないぃぃぃ!!

「レイちゃん、手が……！」

「大丈夫だよ、メグ」

「な、何が大丈夫なの？」

「今すぐに放出したい怒りを、魔力の塊にして、ためにためているだけだから」

あっさりと認めたレイちゃんの表情は笑っているけれど、目が笑っていない！

「そ、それまずぃよ！　レイちゃん！」

「大丈夫、あっちだって強大な魔力を持っているのなら、これぐらい防げるはずよ」

大丈夫だと言い切るレイちゃんだけど、アーシュ本人は無事かもしれないけど、その他は？　私はとっさに部屋の中を見る。

壁に飾られた絵画や、花の入った陶器の花瓶、天井には輝くシャンデリア。革張りのソファ。無理無理無理、調度品、そのすべてが高級品！　壊れたら、とんでもない額を請求されそうだ。

その時、アーシュがすっくと立ち上がる。

「何だ、やる気か」

ぎ、ぎょへー!!　レイちゃんの反抗に、すかさず気づいた!!

「いえ、何のことでしょうか」

すっとぼけた声を出すレイちゃんだけど、その手の中には巨大な魔力の塊が、今まさに破裂しようとくすぶっている。

「俺に向かってくるとは、お前命知らずだな」

「まだ向かってないわ。私は、ちゃあああんと、魔力のコントロールができますから、暴走はしませんし」

ピクリとこめかみ部分が動いたアーシュが、笑いながら目を細めた。

「ほう、それは俺がコントロールできないと言いたいのか」

「あら、自覚があるのですね」

にっこり笑うレイちゃんだけど、怖いぃぃぃぃ。

ジリジリとにらみあう二人だけど、レイちゃん、仮にも相手は王子様だよ⁉

それに魔力をぶつけた挙句に一部屋壊してしまったら、私達、一生タダ働きだよ……‼　私は皿洗いでも掃除でもできるけど、レイちゃんは家事オンチじゃない‼

「レ、レイちゃん‼」

私は意を決して顔を上げる。そこに、無理やり笑みを浮かべる。

「こ、ここに残ろうよ！」

「メグ……？」

怪訝そうな顔を作るレイちゃんの手の中の魔力の塊は、まだ小さくならない。

まだだ、まだ押しが足りない、頑張れ私‼

「ほら、滅多に来れない王都だし、もう数日間だけでも滞在してもいいでしょう？」

「けど、いいのメグ⁉　そんなことを言って、この殿下の花嫁にされたら、どうするのさ‼」

「そ、それは……」

ぶっちゃけ困る。

だけど、本人を前にして、馬鹿正直にも答えにくい。

それになぜかアーシュも私をガン見している。じゃあ、ここは――。

「まぁ、そうなったら、そうなったらで……、ア、アーシュだって、す、素敵な人だし！」

声を上ずらせながら言うと、アーシュの顔が一瞬にして、赤く染まった。

あれ？

「ま、まあ、お前がそう言うなら、ま、前向きに考えてやらなくもないぞ？」

先程までの険悪な空気は消え去り、一転して上機嫌になったアーシュに、ホッと胸をなで下ろす。

「でも、メグ‼　危険な目にあうかもしれないんだよ？」

レイちゃんの表情は私を心配しているのだと、痛いほどに感じる。

「大丈夫、レイちゃんが側にいれば心強いし、それに……」

そこで私は、視線をチラとアーシュに投げた。ああ、どうしよう。だけど言うしかない、まだだ、もっと頑張れ私。

唇をギュッと噛んだ後、私は恥ずかしくてたまらない台詞を吐いた。

「ア、アーシュも私のことを、ま、ま、守ってくれると信じているわ！」

ああ、羞恥で死ねる。今なら即効で。

私、超頑張った!!

目の前に本人がいる中での、この台詞は吐く方もきついが、言われる方も相当だろう。顔を見るのが怖いけれど、どの程度嫌がっているのか、反応を確認しておこう。

顔を向ければ、先程よりも、もっと顔を赤くしているアーシュがいた。今は首までも赤い。

「お前がそう言うなら、俺が守ってやる」

そして予想と反して、とても力強い言葉を投げられた。

「え、あの……忙しいと思うので、他の人に頼んで下さっても……」

「何だよ、それ」

そう言うとアーシュは、いささかムッとした様だ。

「まだ魔力が制御しきれない部分もあるけど、ここ最近は、さぼり気味だった訓練にも力を入れている。だから、俺以外の奴にそんなこと頼むなよ、絶対に!!」

手を取られて、そのままギュッと握られた私は、その視線の強さに体を震わせた。

こうやって目の前に立たれると、体格差を感じて、男の人なんだなって改めて思う。

彼の耳には魔力を制御しているという装飾品が、いくつか輝いている。こんなにたくさんの枷《かせ》が必要だなんて、彼の魔力の底が知れない。本気を出したら、いったいどうなるのだろう。

「メグが……メグが……」

その時、悲壮感あふれる声が聞こえたので、思わず顔を向けた。

見ればレイちゃんは、背中に哀愁を漂わせて、その場で膝をついている。

手の中の魔力の塊は、いつの間にか萎《しぼ》んで消えていた。良かった、本当に良かった……‼

この部屋を丸ごと破壊しなくて‼

しかし、レイちゃんの様子から見て、私がアーシュを頼ったことが、よほどショックだったのだろう。だってああでも言わなきゃ、レイちゃん、この部屋ぶっ飛ばしてたでしょう⁉

お金が大好きなレイちゃんに、弁償なんていう苦しみを味わわせてなるものですか。後できちんと事情を説明するから。

そう思っていると、がっくりうなだれていたレイちゃんが、次に顔を上げて叫んだ。

「それならいいわ！　私にだって考えがあるのよ！　こんな時のために、切り札を用意してて正解だったわ‼　私は自分で考えた方法でメグの側にいるわ」

いきり立つレイちゃんは何か策があるみたいだ。

「おっ、じゃあ、レーディアスの婚約者になる話を受けるのか？　あいつは喜ぶだろうな」

「ええっ⁉」

アーシュがどこか楽しそうに茶化したけれど、何でそうなるの‼　私は思わず変な声が出てしまった。

「何でそこでレーディアスが喜ぶのさ？　逆に迷惑でしょうに」

不思議に首をひねるレイちゃんだけど、レーディアスさんは、とってもレイちゃんのことを気に入っていると思うよ。だって、一緒の空間にいると、レイちゃんのことばかり見ているし、レイちゃんが時折面白いことをすると、優しげにふっと笑うんだよ。

まったく気づいていないレイちゃんに、逆に驚くわ。

今回、レイちゃんが婚約者として名乗りをあげたら、どうなるんだろう。

「おい、レーディアスを呼んで来てくれ」

アーシュは扉の側に控えていた兵士に、声をかけた。

「レイちゃん、本当なの？　それでいいの？」

「うん。私もレーディアスにお願いしたいことがあったんだ」

やがてレーディアスさんが部屋に駆け付けた。

「お呼びでしょうか」

「おっ、早速来たな。レーディアス、忙しいのに、すまないな」

ワクワクして上機嫌のアーシュは、さっそくレーディアスさんを部屋へと招き入れた。

「正直に申しますと、この後に騎士団の会合がありますので、少々立て込んでおります」

「まあ、そう焦るなよ。レイがお前に話があるみたいだ。前に言ってた、婚約者とかそっち系の話じゃないか？　――ま、俺の予想だけどな」

アーシュが顎で指し示した先にはレイちゃんがいる。

そこでやっとレイちゃんの存在に気づいたらしいレーディアスさんは、視線を向けた。もちろん私は彼の視界にも入っていないだろう。

レイちゃんが足を進め、レーディアスさんの前に立つ。好奇心いっぱいの笑みを浮かべて見守るアーシュ。レーディアスさんは瞬きを繰り返したが、しばらくしたのち、目元をほころばせたのを、私は見逃さなかった。そんな中、レイちゃんが口を開いた。

「レーディアス、話があるのだけど、忙しい？」

「あなたのためなら、私はいつでも時間をさきます」

あれー？　さっきまで忙しそうじゃなかった？　私の聞き間違いじゃないわよね？

殿下よりレイちゃんに時間をさけるだなんて、その想いはばればれじゃない。

「メグさんの側にいるためにも、私と婚約を――」

その話をレイちゃんは、受けてしまうのだろうか。

緊張しながら見守っていると、突如、私の耳にはレイちゃんの笑い声が響いた。

「ふっふっふ‼　その心配にはおよびまっせーん‼」

レイちゃんはおもむろに、一枚の紙を胸元から取り出すと、レーディアスさんの顔へと突き付けた。

「実は私、先日、皆に内緒で騎士団の試験を受けたの！　メグの側にいれて、なおかつ腕も磨ける！最高じゃない⁉　それでついさっき、合格証明が届いたところ‼」

「…………」

二人の間に、たっぷりの間があった。

レイちゃんてば、いつの間に……‼　そんな話は聞いてない。

予想外だったのは、私だけじゃなかった様だ。

「……私は殿下から、話があるとうかがったので、てっきり了承の返事がもらえるものだと……」

「いや、前にも言ったけど、そんな迷惑かけられないでしょうが！」

そこまで一気に言ったレイちゃんに、レーディアスさんが一瞬だけ固まった様にも見えた。レーディアスさんは返事はおろか、瞬きすらしない。

私は彼の様子を見逃さない様に、注意深く見つめた。

「それに私が婚約者とかガラじゃないでしょ‼　どうせなら、私も可愛い嫁が欲しいよ」

「…………」

レ、レイちゃん、それ違うから！　お嫁に行くのはあなたの方だから。

ああ、思わずツッコミたい。だけど、レイちゃんの顔は至って真面目だから、今は口を挟めない。

やがて、長い沈黙の後、レーディアスさんは、さらりと口にした。

「私は三男なので、それも可能ですが……」

いっ、いいのか、レーディアスさん‼　嫁だよ？　嫁‼　真面目に答えているけれど、そこは訂正するところでしょ！　ショックでちょっとおかしくなったか？

だがレイちゃんは冗談として受け止めたみたいで、声を出して笑っている。

「私は下っ端だから、騎士団長であるレーディアスと共に行動することはないだろうけど、今後はよろしくね！　それを伝えたかったの」

「……」

「やっぱり私は体を動かすのが好きだし、せっかく魔力があるのだから、使いたい。それに私は、魔力のコントロールができるし」

レイちゃんは、そこでチラリと視線を横に投げた。

「またそこで俺を見る！　お前、結構根に持つ奴だな‼」

レイちゃんの意図に気づいたアーシュの反論は、軽く無視された。

「…………いいでしょう」

やがて、少し考える素振りを見せた後、レーディアスさんは軽く微笑むと、レイちゃんの手をそっと取った。

「ただし、あなたが入隊するにあたり、条件があります」

そして大切な物に触れるかの様に包み込んだ後、その手を力強くギュッと握り締めた。

「……ん？」

「あなたの身は私が預かります。私の屋敷に住居を移してもらいます」

「え……⁉　何で？　騎士団は寮もあるって聞いたけれど‼」

騒ぎ始めたレイちゃんは、この城を出て、寮に移動するつもりでいたみたいだ。

相変わらず、こうと決めたら行動の早いレイちゃんだ。

「あの場所は男性もいます。何かがあってからでは、ヘボン村の村長に顔向けできません」

「間違いなんてないって。仮にあったら、魔力で蹴散らすってば‼」

「いいえ。許可できません」

レーディアスさんは断固として譲らない。

「あの寮よりメグさんに近いのは、私の屋敷です。万が一メグさんに何かあった場合、駆け付けるなら、少しでも近い方がいい。それに私の目の届く範囲にいた方が、融通が利くでしょう」

「そっか……言われてみればそうね」

レイちゃんが納得しかかっている。アーシュは私にこっそり耳打ちをしてきた。

「レーディアスの最初の顔見たか？　すげぇ期待に満ちた顔してたな。その後は、一瞬だけ崩れたけど、すぐに持ち直した。必死だな、あいつも」

だけど、レーディアスさんの冷静そうに見える表情の下に隠されているのは焦りだと思う。きっとレイちゃんを繋ぎとめたくて必死なのだろう。

「そうか。それもそうね。じゃあ、レーディアス、よろしくね」

そう言って、ついにレイちゃんが折れた。その途端、レーディアスさんは安堵の交じった息を吐き出した。

けれど、レーディアスさん。レイちゃんに変なことをしたら、私だって怒りますからね。

……まあ、そもそも彼女自身が撃退するとは思いますが。

本当にこれから、どうなっちゃうんだろ。

もしかして私、選択肢を間違えた？　いや、でもこの部屋を爆破させるわけにはいかない。

そうなったらむしろ、一生ここでのただ働きが待っている気がする。

「殿下。私がメグに張り付いていたいところだけど、今回は百歩譲って少し見守る立場にするわ。その代わり、何かあれば、すぐに私は駆け付けますからね」

「ああ」

念を押すレイちゃんに、うなずいたアーシュ。そこでレーディアスさんが声をかけた。

「――レイ」

「ん？」

呼ばれたレイちゃんが首をかしげた。

「今後、私の部下ということなら、呼び方を変えます」

「そうだね」

あっさりと了承の返事を返したレイちゃんに、レーディアスさんが軽く微笑む。

「では、詳しい話は後から詰めましょう。――まずは失礼します」

そう言うと、忙しいらしい彼は、部屋から出て行った。

「では殿下、私達も失礼しますわ」

それに続いて私達も、部屋を後にした。


レイちゃんと私は部屋に戻ってくると、二人で紅茶の時間にした。

「実は、メグがお茶会に参加した時に、騎士団の試験を受けにいったんだよね。優秀な人材を常時募集しているらしいし、性別も問わないって聞いてさ、自分の力を試してみたくなって」

甘い焼き菓子が好きなレイちゃんは、菓子を頬張りながら口を開く。

「レーディアスは、城の近くに大きな屋敷を一軒まるごと借りて住んでいるんだって。近々身を移すわ」

「レイちゃん……」

「私だって、本当はメグの側にいたいわ。だけど殿下が『守る』なんて言うし、あの日を見ていたら、少しだけ信じてもいいかな、って気がしてきたの。これはまだ殿下には内緒だけどね。それにメグもどことなく、殿下を信頼している様な雰囲気を醸し出したしね」

それはレイちゃんが部屋を破壊したら悪いと思って必死になったの!! でも、確かに言われてみれば、信用してないわけじゃない。だって、真剣な目で守るとか言われたから、頼りがいがありそうだと思ってしまったのも事実だ。考えていたら、顔が自然と赤くなった。

「メグ、しばらく殿下にお任せするけど、私も騎士団で腕を上げてくるから! やっぱり殿下じゃダメだと判断したら、私がメグを守るからね!!」

力強く言い切ったレイちゃんだけど、どこまで男前になれば気が済むのでしょうか。

私の親友は――。


それからあっと言う間にレイちゃんは、レーディアスさんの元へとお引越し。

冷静さを装ってはいたけれど、レーディアスさんは内心喜んでいたに違いない。だってレイちゃんが側にくるのだから。

そんなレイちゃんは、私が朝食を食べ終える頃、毎日顔を見に来てくれる。だが入団を近日に控えたレイちゃんは、準備に忙しいらしく、すぐに部屋から出て行ってしまうから少し寂しい。入団を前にして気持ちが高ぶって、体力トレーニングに励んでいそうな気がする。うん、ありえるわ。

それに入団しても、元より社交的な性格なので、周囲にもあっと言う間に溶け込んでいくだろう。

それが少し寂しくもあるけれど、彼女が楽しければ私も嬉しい。

今はこれでいいのだ。そう思うことにして割り切っている。

そして私は城内の廊下を歩く。

長い廊下から出て、庭園を横切り、お目当ての場所へ向かっていると、向かい側から歩いて来た人物が目に入る。

両手に花を持つ少女――。あれはロザリアさんの侍女のラティナだ。

「お、おはようございます」

私に気づくと挨拶と共に、頭を下げてくれた。

「あら、ラティナ。綺麗な花ね」

ラティナは色とりどりの花を両手いっぱいに持ち、微笑んでくれた。

「ロザリア様が好きなお花を、部屋に飾ろうと思って摘んで来ました」

そう言ったラティナの表情はとても柔らかくて、それを見ているだけで感じることがある。

「ロザリアさんが大好きなのね」

「はい。大好きです」

照れた様に笑う彼女はとても可愛い。

そうだよね、ロザリアさんは大人びていて、美人なのにそれを鼻にかけた風でもなく、優しい。

知的な会話もできて、気配りも上手。ラティナじゃなくても、ロザリアさんを好きになると思うわ。

「私、ロザリア様のお側にいれて幸せなんです」

そう言って笑うラティナの瞳は、キラキラと輝いている。とても慕っているのだと、感じ取った。

「メグ様はどこかへ行かれるのですか？」

「うん、ちょっと時間があるから、騎士団の訓練でも見に行こうかと思って」

城内ばかりは息が詰まる。せっかくなので、今後レイちゃんが入団する騎士団の様子をこっそり見に行こうと思っていたのだ。

「おい‼」

「わっ‼」

そうラティナと会話をしていると、いきなり背後から声がかかり、驚いた。すぐさま声の主を振り返る。

「またお前は、ふらふらと！　行き先を告げてからいなくなれよ‼　心配するだろうが‼」

見ればアーシュが息を切らせて背後に立っていた。ラティナもその声に驚いて、目を丸くしている。

「ご、ごめんなさい」

どこか気落ちした声で謝れば、彼もハッと我に返る。

「い、いや。俺はお前に何かあってからでは遅いと思ってだな……」

急にしどろもどろになるアーシュをじっと見つめると、何かを思い出した様に彼は手を叩いた。

「ああ、そうだ。お前にも関係あるから伝えるが、先程、フィーリアが候補の辞退を申し出た」

「え……？　彼女が？」

「ああ。体調が良くないらしい。だから家に帰した」

最近まであんなに元気に、私をネチネチといたぶってきたのに体調不良ですって？

もしやアーシュの魔力を目の当たりにして、恐れをなしてしまったんじゃないでしょうね？

しかも彼本人が、候補者の件は、一度決めたことは覆せないとか、何とか言ってなかった？

そこで私は頭に浮かんだ疑問を口にしてみる。

「だって簡単には覆せないって……」

そう口にすれば、アーシュが何かに気づいた様にハッとなり、表情が固まった。

そこから先は、私と視線を合わせようとしない。

「ああ。まっまぁ、体調不良じゃ仕方ないだろ。健康第一!!」

その態度、怪しい。

「アーシュ。あなたもしかして、わざと彼女の前で力を見せた？」

「はっ!?　何のことだ！」

「……目が泳いでる」

この人、嘘がつけない人だ。ばればれだ。目を細めて見ていると、

「お前を守るためだ。しょうがないだろう!!」

思いもよらない言葉を聞き、私は驚いて瞬きを繰り返す。私の表情を見て、アーシュは徐々に首まで赤くなっていく。

「あっ……いや、これは……」

もごもごと口ごもるが、私に追及する勇気はない。それに伝染したかの様に、私も頬が赤くなってくる。どうしよう、熱が出てきたかの様に熱い。

その時、か細い声が横から聞こえた。

「あの、私、そろそろ失礼します」

どことなく所在なさげなラティナは小さな声を出したのち、頭をぺこりと下げる。

その声を聞いて我に返るのは私達。完全にラティナのことを忘れていた。

まだ幼い彼女の前で、大人げない場面を見せてしまったことに気づいた私とアーシュは押し黙った。

「……」

「……」

会話のなくなった私達、正直気まずい。ぎこちない空気が周囲を包む。

横目でチラリと視線を向ければ、そこに気まずそうにしているアーシュと目があった。

「何だよ」

強気な口調と裏腹に、顔をほんのり赤く染めているアーシュ。私の視線に気づいた彼は口元に手をやり、動揺を隠すかの様に言葉を発した。

「で、お前はどこへ行こうとしていたんだ?」

「私はレイちゃんが入団する前に、騎士団の訓練がどんな様子か、見に行こうかと思って」

「まーたお前は口を開けば『レイちゃん』だな。それしか知らないのか？」

アーシュの言い方に、思わずムッとする。

「レイちゃんは私の友人なので、気にするのは当然です」

そう吐き捨てると、サッと背中を見せて、この場を去ろうとした。

「あ、待てよ」

「何でしょう？」

思わずきつい口調になって振り返る。

「そう怒るなよ、俺が悪かった」

彼がそう謝ってきたので、正直驚いた。この人、根は素直だと思う。最初の印象は高慢だと感じたけれど、思ったことをすぐ口にして、裏表がないのかもしれない。

やっぱりちょっと、レイちゃんに似ているかも——。

だけど、きっと二人に言ったら、

『冗談でしょ!!』

『冗談言うな!!』

そう言って二人で叫びそうな気がする。そう思った瞬間、私は口に手を当てて、思わず吹き出した。だめだ、笑いが止まらない。

「何だか知らないけど、機嫌が直ったみたいだな」

「ええ。ところで、何か御用？」

すぐに自分が悪かったと認めた相手に、いつまでも怒っているわけにはいかないもの。

「いや、用事というより、ちょっと時間が空いたからな……」

いきなり挙動不審とばかりに、視線をさまよわせるアーシュを不思議に思う。

「ちょっと、そこまで散歩しないか？」

顔を上げてそう誘ってきた彼の顔は、気のせいか、まだ少し赤かった。私はうなずくと、二人で並んで歩き始めた。

そこからは、他愛もない会話をしながら足取りが進む。

「それで、何か情報は掴みました？　私の命が狙われている理由」

「相手がわからない。けど、俺が守るから」

「あ、ありがとう……」

そう言った瞬間、真っ赤な顔をして目を逸らす様子が、何だか可愛いと思ってしまう。よく顔を赤くして瞳を逸らすのは、照れやの証なのだろうか。

そう思ったら、自然に笑みがこぼれた。それに気づいた相手から、すかさず指摘される。

「何だよ、いきなり笑いだすなよ」

「だって、そう言われても」

アーシュの耳飾りが太陽に反射して光輝いている。ふと前から気になっていたことを直接聞いてみた。

「たくさん着けているのね」

「あ？　これか？」

アーシュは私の視線の先に気づいた様だ。

「これは、魔力制御の装飾品だ。俺はこれで抑えている」

ただ単に、その身を飾っているわけではないのだ。

「装飾品で魔力を抑え込む場合もあれば、体の一部に刻印をする場合もある。後者は魔力を永遠に封じることになるが、前者は制御できる様になれば、外すことも可能だ」

だが、これだけの数の装飾品で抑えているなんて、よほど膨大な魔力なのだろう。

私は一度見た光景を思い出す。爆発音と共に、城の窓ガラスから黒い煙がもうもうと吐き出していたのを――。

「ねえ、アーシュは大事な人っている？」

「はぁ!?　お前はいきなり何を……!!」

私の唐突な質問に、焦った彼は瞳をさまよわせた。

「暴走してしまう前に少し冷静になって、大事な人が側にいると思えばいいんじゃないかしら」

「大事な人……」

「そう。いるでしょう？　大事な人」

その相手は友人でもご両親でもいいと思う。私は真っ先にレイちゃんの顔が浮かんだ。

「自分にとって傷つけたくない人が側にいるとイメージすれば、少しは制御がきくんじゃないかしら？」

首をかしげて彼の顔をのぞき込むと、アーシュは息を呑んだのち、口を開いた。

「もし仮に、俺にとってお前が大事な存在だとしたら……。ずっと側にいるか？」

「え？」

思いもよらない言葉に、私は瞬きを繰り返した。

「べ、別に特別な意味なんて、ないけどよ。お前、弱っちいだろ？　お前が側にいて、仮に俺が暴走なんてしたら、お前すぐにあの世に行きそうだし、それを頭に入れていたら暴走も抑えられるかな——なんて」

そこで私の反応を横目で見るアーシュだけど、一度でも暴走したら側にいる私の命は保障できない状況ですよね？　——いまのところ。

「それじゃあ、ダメだと思う」

「ダメなのかよ!?」

いきなり大きな声を出すものだから、私は思わずビクリと肩を揺らす。

「もう少し制御できる様になって、私の命の危険がなくなってからじゃないと……」

でないと身が持ちません！

いつ爆発するかわからない起爆装置じゃないですか。

一度でも大爆発かましたら、私はサヨウナラ。それは無理です。

「——わかった、俺はやる」

いきなり背筋を伸ばした彼は、どうやら、スイッチが入った様だった。

「うん、応援しているから。頑張って」

何にせよ、やる気が出るのはいいことだ。やっぱり彼はレイちゃんと似ている。レイちゃんとアーシュの共通点は『褒めて伸びる』タイプ。

笑って応援していると、静かに私の顔を見つめた後、なぜか急に手を引っ張られた。ぐいと前のめりになり、バランスを崩しそうになったところで、体を支えられた。

「お前、本当に小さいのな」

「え？」

「腕だって細くて、折れそうだし」

そんなことはないと思うけれど。畑仕事をしていたし、なかなか腕は太いよ。

身長は低いと言われれば、そうかもしれないけど、そこは女だから彼から見て低いのは仕方ない。

「あ、そうだ。大事なことを忘れてた。これをお前にやろうと思って、ここまで来たんだ」

そう言ってスッと差し出されたのは、不思議な石だった。透き通る石は水晶の様に見えるけど、光を当てると角度によっては七色に光る。それにチェーンがついて、ネックレスに加工されている。

「わあ、可愛い」

思わず本音が口から出れば、アーシュは満更でもなさそうに、鼻をかいた。

「俺の魔力が込められている。最近は護衛がついて、窮屈だっただろう？　だが、これを着けている間なら、護衛と離れても大丈夫だ」

そうなのだ。私がどこへ行くのも護衛付きで、正直窮屈に感じていた。私の身を守ってくれているし、彼等も仕事なのだけど、見張られているみたいで息苦しい。それに迷惑をかけては申しわけないと身構えてしまい、どこか緊張した毎日を送っていた。

「人が側にいると、自由がないのは俺がよく知っている。護衛は外すけれど、この石だけは絶対に外すなよ。それが条件だ」

「うん、わかった」

そう言って両肩を掴まれた。その真剣な様子を見て、私は早速ネックレスを身に着けた。

「俺、お前のこと、守れるぐらいやるから。見てろよ」

「あ、うん」

そう答えた瞬間、アーシュがパッと頬を染めて、嬉々とした表情を見せた。

「そ、そうか！　じゃあ、俺はもう行くな!!」

そうして背中を見せて去って行く姿を静かに見守っていた私に、声がかかった。

「メグさん」

声がかけられた方向を見れば、そこにいたのはロザリアさん。いつからいたのだろう。話に夢中で全然気づかなかった。私が焦っていると、彼女は静かにその場にたたずみ、柔らかな笑みを浮かべていた。

「ごめんなさい。立ち聞きするつもりはなかったのだけど、ラティナを探していたら、声が聞こえてしまって。私ったら、はしたないわね」

「いえ、大丈夫です」

周囲に聞こえるほど大声で話していた私達にだって問題があるのだ。

「アーシュレイド殿下は……、いえ、アーシュは不器用に見えて、本当はとても優しいの。時折力が暴走してしまうけれど、最近では訓練に集中していると聞くわ」

「ロザリアさん……」

「私とアーシュは幼馴染なの。だから、彼のいいところはたくさんあるって、私は知っているわ」

ロザリアさんがアーシュの背中を見る眼差しが、熱を帯びている。

真っ直ぐに注がれるその視線の意味に、私は気づいてしまう。もしかしてロザリアさんはアーシュのことを好き……？

その瞬間、胸の中に鉛がつまった様に少し重くなるのを感じた。

「ロザリアさん……」

「はい？」

もしかして彼のことを好きなのですか？

そう感じたのなら、質問をぶつけてみればいいじゃない。

そして、フィーリアが辞退した今、私とロザリアさんだけは候補者として残っている。それについて、どう思っていますか？

私の頭の中で質問がぐるぐると回るけれど、私が口にしたのは――。

「あの、ラティナなら、先程部屋に戻られましたよ。行き違いになられたのではないですか？」

「まあ、ありがとうございます」

困った様に首をかしげた彼女は、次にふわりと柔らかな笑みを浮かべた。

そんな彼女の笑顔はとても美しい。

ラティナじゃなくても、彼女を好きになるわ――。

そう感じると、胸に小さな棘《とげ》が刺さったかの様に、チクリと痛みが走った。

大丈夫、大丈夫。私はこの件がひと段落したら、レイちゃんと村に帰るのだから!!

胸に感じた痛みは気にしないことにしようと心に決め、去りゆく彼女の背中を見つめた。

第四章【レイ】　レーディアスの屋敷と騎士団

私はレイ。

ここ最近起こっている物騒な出来事からメグを守りたい！　強くなりたい一心で、騎士団に入団を決めちゃった私が、レーディアスの屋敷に移動して数日が過ぎた。

「今日からよろしくお願いします」

移動した初日、改まって頭を下げる私に、レーディアスは苦笑した。

「いいえ、好きなだけいてもらって、構いません」

「そんなわけにもいかないでしょう」

そう、メグを狙う黒幕がわかるまでは、この屋敷にお世話になると決めた。それがいつになるかはわからないけれども、メグに危害が加えられる前に、早いうちに解決しなければ‼

屋敷にいる間は、自由にしても構わないとレーディアスに言われていたので、好きに過ごしていた。

二人で朝食を取った後、レーディアスは仕事に行くため席を立つ。二人でホールまで下りて、扉に手をかけた彼に、笑顔で手を振った。

「いってらっしゃ～い」

こんな風に彼を見送るのがここに来てからの、日課になった。

数歩進んだところで彼がピタリと足を止めた。どうした忘れ物か？

「今日も早く帰って来ます」

「わかったわ」

「それと……」

レーディアスが一瞬の沈黙の後、続けた。

「誰かに見送られるのは、いいものですね」

それだけを呟くと笑みを見せ、背中を見せて出発した。

私は部屋に戻り、軽くストレッチをする。どうもこう、毎日することがないと、体がなまってしまう。こんなことではいけないと、入団日を明日に控えた私は、体をほぐしていた。

ストレッチがちょうど終わった頃に、扉がノックされた。

誰だろう？　私を訪ねてくる人など、いないはず。不思議に思って扉を開けた。

目の前にいた人物は、体格のいい男性だった。かなり背が高いので、見上げてしまう。

「そうか、あいつもやっと落ち着いたか!!」

初対面の男性にいきなり両手を握られ、ぶんぶんと勢いよく振られた。その激しい勢いは、私の体まで揺らした。

男性は、レーディアスの兄だと名のってくれた。

それを聞いて私は最初、びっくりした。このお兄さんと、レーディアスは、顔の造りが似ていないと感じたからだ。お兄さんは、盛り上がる筋肉に逞《たくま》しい腕っぷし、そこに顎髭が生えて、結構強面《こわもて》だ。対するレーディアスも筋肉はついているけれど、細マッチョだし、下手すればそこら辺の女性よりも綺麗な顔をしている。

だけどよく見れば、金の髪と緑の瞳は、レーディアスと同じ色をしていた。

そんな彼のお兄さんが、私に何の用かしら？　そう思っていると、お兄さんが説明してくれた。

先日からこの屋敷にお世話になっている私の存在を、どこからか聞き付けたらしい。

「愚弟だが、よろしく頼む‼」

明るく屈託のない笑顔を見せるお兄さんは、私の肩を両手でがっしりと掴んだ。

しかし、こんなに喜んでもらっているけれど、どうやら誤解しているみたい。これは早々に誤解を解こう。

「あの、違いますから。私がここにいるのは、深い事情があって――」

「またまた、冗談を！　あいつは自分の屋敷に女を入れたことなんてないぞ！　……おっと、失言を」

そう言って、腕を組んで豪快に笑うお兄さんは、明るくて陽気だ。いつも落ち着いた対応をするレーディアスとは、兄弟だけど違う性格だと感じる。

「しかし俺たちに紹介する前から一緒に住むとは、よほど離れたくないらしいな」

「……」

このお兄さん、先程から人の話をまったく聞いていない。

「盛り上がっている気持ちもわかるが、ちゃんとけじめをつけて、式はなるべく早くがいいぞ」

熱く語ってくる勢いに押されて、私が口を挟む隙がない。

「大丈夫だ、俺からも弟をせっついておくから、弟をよろしくな‼」

お兄さんはそう伝えると、再び豪快に笑う。そしてすぐに背を見せて、颯爽と去って行った。

……いったい、何だったんだろう。

「ま、いっか」

私は深く考えずに、メグのところへ顔を出す準備をした。住む場所は離れたけれど、毎日顔を見ないと、落ち着かないわ。そう思いながら、急いでメグの元へ走って行った。


そして、ついに入団日を迎えた。訓練所に行くと、皆が剣を振っている。私はレーディアスの部下だという一人の男性に引き渡された。男性にしては小柄で童顔だけど、信頼のできる人らしい。人懐っこい笑みを浮かべる彼にだけは、本当の事情を話すことにした。何かあってメグのところに駆け付ける場合は、練習を抜け出すこともあるだろうしね。

だいぶ端折《はしょ》ってことの成り行きを説明すれば、一瞬、驚いた様子で瞳を見開いた。感情が素直に顔に出るタイプなのだろう。

しかし彼は、特に何を追及するでもなく、ただわかりましたと、一言だけうなずいた。

「ニケル、彼女に指導を頼む」

「はい、レーディアス様」

尊敬の眼差しを送るニケルさんは、レーディアスを崇拝しているのか、その姿が見えなくなるまで頭を下げた。

「よろしくお願いします、ニケルさん」

「こちらこそよろしくお願いします。レイ様。自分のことは、ニケルとお呼び下さい」

ニケルさんはそう言うけれど、騎士団では上官にあたるはず。下っ端の私が、彼をそう呼んでいいものではない。むしろ、ニケルさんの方こそ、私のことは呼び捨てで構わない。

そう告げると彼は幼げな顔の口端に、困った様な笑みを浮かべた。

それから、腕に青地の線の入った白いシャツが手渡された。下は動きやすい様にグレイのズボンだ。

これが下っ端騎士の練習着らしい。青地は入団したての証。階級があがれば色も変わるそうだ。

彼に言われるがまま、袖を通す。

「うん、ピッタリです。ニケルさん、ありがとう」

騎士団の皆が剣で戦う姿を見ていると、私も胸が躍る。私もあの輪に入って、体を動かしたい。そんな気持ちが湧きあがってくるのを止められなかった。そうして私は早速、訓練へと参加して、あっと言う間に入団初日が終わった。

夜になり、私はレーディアスと共に夕食を取る。

「すごいよね、皆の動きが一緒で、乱れがないの。今日は素振りをやって、いい汗かいたわ」

私は騎士団での訓練に興奮しっぱなしだった。熱く語る私の話を一通り聞いた後、目の前に座るレーディアスがそれまで黙っていた口を開く。

「兄に会ったと聞きました」

ああ、そう言えばお兄さんに会ったけれど、言うのをうっかり忘れていた。

「うん。挨拶をかわして、すぐに帰って行った。お兄さん、豪快な楽しい人だね」

私は手に持つナイフで肉を切り分けながらも口を開く。

「それと何か、私とレーディアスの仲を完全に誤解していたから、違うとだけ伝えておいたわ」

「……」

お兄さんには、きちんと伝わっているのか微妙だけど、訂正するだけしておいた。

口の中で肉汁のしたたる肉を味わっていると、レーディアスが手に持つグラスをテーブルに置いた。

そして私の顔をじっと見ているものだから、私は瞬きをした。

「あなたが私の元にくる選択をしたということは――」

「うん」

「少なからず私のことを、異性として見ているという認識で受け取ったのですが――」

「あーないない。そりゃないわ」

「………」

私は手にしていたナイフをテーブルに置き、手を振りつつも即答した。

「それが一番メグの側に近いと判断したからさ、レーディアスの申し出に甘えてみたんだ。ごめんね」

「…………………」

そこからレーディアスは、むっつりと押し黙った。何だろう、この空気。重いんですけど。そもそもメグに何かあった時に、すぐに駆け付けることができる様に彼の元を選んだのだ。それはレーディアスも承知の上だったと思うけど、今さらつべこべ言われても、私は困る。

重苦しい空気の中、何かを考えている様子のレーディアスは、もしかすると誤解されるのが迷惑なのかしら。だったら私にも考えがある。

「やっぱり私、騎士団の寮に入っても――」

「……いまさら本気で言ってますか」

低い声を出すレーディアスだけど、その顔は笑っている様に見えて目が笑っていないわ。

「よく考えたら、その方がレーディアスだって屋敷に女性を呼べるじゃない!!」

「…………」

相手から返事をもらう代わりに、冷たく凍える視線を頂いた。

「じょ、冗談よ!!」

名案かと思って提案してみれば、これだよ。

だいたいレーディアスは、昔から女性のご友人がたくさんいるらしい。

どこかの人妻に言い寄られて、勘違いした夫に決闘を申し込まれて、逆に返り討ちにしたとか、日替わりデートしていたとか。入団初日からレーディアスの恋の武勇伝をたくさん耳にした。信憑《しんぴょう》性《せい》は定かではないが、皆が面白半分、話のネタで教えてくれたのだと思う。

今は女性の影が見えないけれど、実際のところはどうなんだろう。

「どうやらあなたは、私のことを色々と誤解している様で」

「ははは……」

そして責める様な視線を投げてくるけれど、冗談だと思って、サラッと聞き流せばいいのに、変なところで真面目な人だ。

「でも、見かけるたび、違う女性を連れて歩いていたとか、そう聞いたよ？」

私が質問すると、口を開けてグッと言葉に詰まったレーディアス。彼が感情をこんなに素直に表す人だとは、思わなかった。一緒にいる時間が長いと、知らない一面が見えてくるものなんだな。

それに、何だかなぁ、面倒なことをチクチク聞いてくる時がたまにある。

「同じ屋敷に住み、共に生活をしているのなら、お互いを深く知るべきですね。そこで一つ、提案があります。なるべく夕食を共に取りましょう」

「うん、わかった。一人で食べるより、人と食べた方が美味しいもんね」

私が笑顔で賛成すると、レーディアスが一瞬息を呑んだのがわかった。次に、ため息交じりの声を絞り出した。

「まったくあなたは眩しいぐらい、裏表がなく真っ直ぐだ」

「それって単純ってこと？　褒められている気がしないわ」

「その純粋さを、自分色に染めたくなる男性も多いでしょう。――私を含め」

口説いている様な台詞を受けるけど、いちいち真に受けちゃいけないわ。

「おあいにくさま。私は相手によって、自分を変えるつもりもない。誰と付き合おうと私は私だわ」

そう、誰と付き合っても、私は自分を変えたりしないわ。むしろ私を変える様な男性よ、どんと来い！

堂々と言い切った私に、レーディアスは真剣な表情で口を開いた。

「では一つ、質問しますが――」

新緑色の瞳を真っ直ぐに向けてくるので、思わず姿勢を正して聞く。

「レイが好む男性とは、どの様なタイプですか？」

「私？」

「ええ」

いきなりそんなこと聞かれて、正直驚いた。まさかの恋バナ。

「そうだね……」

レーディアスにそんなことを聞かれるとは、夢にも思わなかった。メグとはよく恋バナもしたなあ。

――ねえねえ、レイちゃんは、どんなタイプが好き？

――そうね、私が好きなのはね、……筋肉だね‼

即答すれば、大きなため息をつかれたっけ。だけどそれは、本心なんだ。じゃあ、別の言い方で答えるとしようか。

「強い人が好きだけど」

そう、まさに精神的、肉体的にもパワフルな人がいい。揺るがない精神力にそれに伴った肉体。側にずっといたいと感じるかもしれない。ま、そんな人が身近にいればの話だけどね。

何でいきなり、こんなことを聞いてくるのだろう。私はそれよりも、

「あーこれからの騎士団の訓練が、楽しみだわ」

にこにこ笑っている私とは正反対に、レーディアスはあまり機嫌がよろしくない。

眉間に皺が寄り、口元が歪んで何かを悩んでいる様子だ。だけど私は、気にしないもんね。レーディアスの邪魔をしない程度に自由にさせてもらうわ。

「新参者ですが、これからもよろしくお願いしますね、騎士団長様‼」

「……その呼び名は外でだけで」

そう告げるとレーディアスの眉間の皺が、いっそう深く刻まれた。


「メグー‼」

そして、早朝にメグのところに顔を出す。一日に何度か顔を出しては、その都度一緒に時間を潰したり、時には顔を見てすぐに帰ったり。

これが毎日の日課になっている。メグが危険な目にあっていないか、それに殿下が守ると言ったことを口先だけじゃなく、態度で示しているかの確認。加えて、メグを狙う人物について、何か有

力な情報を掴んでいないか、殿下との意見交換のため。

ま、一番はメグに会いたいがためだけどね。

「レイちゃん、おはよう。今日も訓練は早いのね」

メグがそう言って微笑んでくれるから、私は元気になれる。

「レイちゃんてば、考えるより行動する方が早いんだから、あまり無理しちゃだめよ」

そう言うけれど、メグは私が決めたことに反対はしない。ただ静かに事の成り行きを見守っている。いつもそう。思い付いたら突っ走る私と、それを静かに見守るメグ。

だけど失敗して落ち込んだ私を、真っ先に迎え入れて慰めてくれるのもまた、メグだった。

「最近、レーディアスもメグに似てきたんだよね」

「彼は何て？」

「怪我《けが》をするなとか、時間内に帰って来いとか、いろいろ。私のこと、完全に子供扱い」

あっさりそう伝えれば、メグが目元をほころばせた。

「レーディアスさんの振り回されている図を想像すると、つい笑ってしまうわ。さすがレイちゃんだわ」

ひとしきり笑ったメグが、私の目を見つめた。

「だけどレイちゃん。怪我だけはしないでね。これは約束だよ」

「うん。強くなって、メグを守ってやるわ‼　それこそ殿下に負けてられないしね」

「気持ちは嬉しいけど、会える時間が減ったよね。それが寂しいかなぁ……」

そんなことを言ってくるから、すごく可愛くてたまらない。

「メグ！　このっ！　可愛い奴め‼」

思わずメグを抱きしめて、頭をグリグリしてしまった。メグは苦しげにしつつも、私の腕の中で笑う。

「大丈夫、毎日、顔を見にくるし、殿下も側にいるんでしょ？　私はこの機会に、自分を磨きに行ってくるわ！」

「レイちゃんてば、どこまで男前になる気なの」

そう言って呆れながらも笑顔を見せるメグ。

そうなのだ。この世界に来てからの三年間、毎日一緒にいて、ほぼ同じ空間で過ごしていた私達。

これだけ長い時間、離れることがなかったのだ。

本音を言うと、最初は寂しいと思ったし、今でも寂しいと思う。

だが、寂しいと感じる時間の余裕がないぐらい、剣の訓練に全力でぶつかろう。

騎士団に入団し、腕を上げてから、メグの護衛に名乗りを上げようかと密かに計画中なのだ。

それなら堂々とした理由で、メグの側にいられるじゃない。

私の意気込みを感じ取ったメグは、静かに笑った。

そしてメグは最後に『生き生きしている。レイちゃん、頑張ってね』なんて言ってくれるものだから、やっぱりすごく可愛いと思って抱きしめて、頭をなでてしまった。

うん、やっぱり殿下にお任せするのは、もったいないかしら。そうね、殿下がダメだと思ったら、すぐに奪回しようと心に決める。むしろ軽く失敗をして、メグに幻滅されたらいいな。

なーんてね。

思っちゃうけど口には出さない。殿下も今、すごくやる気が出ているらしい。魔力は独特の香りがする。これは力の強い者にしかわからない。先日会った時、明らかに魔力を自分の中で抑えていた。香りでわかったもの。

その証拠に魔力封じの耳飾りが一つ、減っていたことに気づいた。これから一つずつ外せる様に、みずから魔力をコントロールするために特訓するのだろう。

私も殿下に負けていられない。ライバルがいると燃えるよね!?

そしてメグの声援を受けた今、騎士団の訓練を精一杯、頑張ると誓うわ。

「ハ――――!!」

「なんの!!」

掛け声と共に、勢いよく飛びかかる私と、それを軽々となぎ払う男。どうしても力では男には敵わない。だからこそ、小細工が必要なのだ。私は一瞬だけ目を閉じて、剣先に集中する。

「目を閉じるなんざ、余裕だな!! 待ったと言われても、聞かねぇからな!!」

「望むところ!!」

声がかかると瞬時に瞼を開き、剣を振りかざして来た男の攻撃を避け、素早く剣を振るう。

同時に燃え盛る炎が剣先から吹き出し、相手を執拗《しつよう》に追いかけた。

「わ、わ、わ‼　ちょっと待った‼」

「待ったは聞かない‼」

私はにやりと笑うと、そのまま剣先に力を込め、相手に向かって繰り出した。

「ぐあっ⁉」

そのまま剣先からより一層、激しい炎が噴き出し、標的目がけて一直線……かと思いきや、男の目前で止まり、姿を消した。後に残ったのは、地面に尻もちをつき、たった今まで私のよき練習相手になっていたマルクスだけだった。

「驚いた？　でも熱くなかったでしょ？　魔力が見せる幻だもの」

「熱いとか熱くないとかの問題じゃなくて、びびるって‼　勘弁しろよな‼」

人は目で見たことを信じようとするから、これが幻だと頭では理解できても、体は正直だ。

視界に入った瞬間怖いと思い、怖気《おじけ》づくことが多い。

不服そうにわめいているマルクスは、私のよきライバルだ。

あまり深く考えずに勢いで入団を決めちゃったわけだけど、その結果、すごーく楽しい。短期間で気の合う仲間もできたし、毎日が充実している。私の選択は間違ってなかった！

……ただ一つのことは予想外だったけど。

「レーディアス様がお呼びです」

いつの間にやら側に来たニケルさんが私を呼ぶ。騎士団長の名前が出た途端、周囲がざわめきたつ。

「レイ、お前何やったんだ？」

「べ、別に何もしてないよ。……多分」

いきなりの呼び出しに内心動揺する。だって屋敷では顔を会わせることは珍しくないけど、訓練所ではほとんど顔を会わせない。相手は上官だから、私にばかり構ってはいられない。それは当たり前だ。だからこうやって名指しで呼ばれることがなかったので、驚いていた。

しかし、ふと最近ではレーディアスの姿を、屋敷でも見ていなかったことを思い出した。

ただ忙しいだけだと思っていたけれど、もしや、メグの身に何か……。

思い付いた可能性に瞳を見開くと、マルクスが私の様子に気づいて急かす。

「ほら、早く行った方がいいぜ。呼ばれてるんだろ？」

「う、うん」

「訓練用の剣は、俺が片づけておいてやるからさ」

気の利くマルクスにお礼を言って、私は小走りでニケルさんの元へ近寄った。

そして訓練所から出て長い廊下を歩き、ニケルさんが私を連れて来たのは、一室の部屋の前だった。

「レーディアス様、レイさんをお連れしました」

「入れ」

扉の奥からは、聞きなれたレーディアスの声が聞こえ、私は入室する。

心なしかレーディアスは険しい顔をして、椅子に腰かけていた。

一緒に入って来たニケルさんは一礼をすると、そのまま退室したので、部屋に二人っきりになる。

「それでメグは？　メグは大丈夫なの？」

「メグさん、ですか？」

嫌な予感がして詰め寄った私に、レーディアスは机の上で両手を組んで私に向き合った。

「先程お会いした時には、お元気そうに紅茶を飲んでいましたが」

「そう、良かった」

私は安堵のため息をつく。

「なぜメグさんの心配を？」

「ああ、レーディアスが私を呼び出すなんて珍しいから、メグに何かあったのかと心配になって」

「それは悪いことをしました」

そう伝えるとレーディアスは微笑した。整った顔に浮かべる微笑みは、思わず見惚れてしまうほど美しい。男性なのにその美しさ、羨ましいと思いながら口を開いた。

「じゃあ、私は行くね。訓練の途中なんだ」

「……待って下さい」

背中を見せた途端、レーディアスが不機嫌な声を出したので、私は振り返る。

「…………」

「…………」

何だというのか、レーディアスは何も言い出さない。痺《しび》れをきらした私が切り出す。

「何か用？」

「あなたは……」

やっと口を開いた相手に、ん？　とばかりに首をかしげる。

「久しぶりに会ったのに、毎日顔を見ているメグさんの心配をするばかりで、私には何もなしですか」

「……ああ」

「なぜ、そこで声のトーンが下がるのか、理解できません」

「別に下がってなんか……」

レーディアスは、こうゆう面倒なところがたまにある。出会った頃には感じなかったけど、最近では頻繁に感じていた。この点だけは予想外だった。

「最近、忙しいの？」

「ええ。三日間留守にしていました。……気づいていなかったのかもしれませんが」

そ、それは初耳だわ。言われてみれば、顔を合わせるのは久々だ。

「今、殿下が珍しく、やる気になっています。ですから、この際にみっちりと魔力の制御を教え込もうと周囲が必死ですので、私の方も泊まり込みです」

「そっか……」

あの殿下がやる気をねぇ……。こりゃ、メグに本気だな。当の本人はぼやぼやしている天然だから、ちっとも気づいていないだろう。だけど私から、わざわざ言うつもりもない。

もし、メグが殿下の想いを受け止めたら？

その時私は、どうするのだろう。寂しいけれど、そんな未来も視野に入れておかないとね。

ふと、心の中が寂しい気持ちになるも、それを振り払うためにも体を動かさなくては！

「じゃあ、レーディアス騎士団長、私は訓練が残っているので、戻ります」

「二人の時は、レーディアスと呼ぶと約束したはずです」

「戻るわ、レーディアス。マルクスが待ってる」

その名を出した途端、レーディアスの目が細められた。

「マルクス……。誰ですか、それは」

ほらほら、来たよ、面倒な返しが。

「自分の部下の名前ぐらい覚えておきなさいよ。私の練習相手で、気のいい奴よ」

若干呆れながらも返事をするが、ここは早々に撤退するに限る。

「じゃあ、戻るからね」

「ああ、レイ」

背中を見せた私は、レーディアスに呼ばれて振り返る。

「今夜の食事は一緒に取りましょう」

「わかった、楽しみにしているわ」

明るく笑って告げると、

「またあなたは……。何の含みもなく伝えているのでしょうが、それに振り回されつつある自分が、とても情けなく思えてきます」

ため息をついたレーディアスを尻目に、私は仲間の待つ訓練所へと戻った。

第五章【メグ】破壊の王子の怒り

それからの私は、どことなく気分が冴えない日々を送っていた。

レイちゃんも暇があれば私に会いに来てくれるけれど、いつも忙しそうに部屋から出て行くので、ゆっくり話をする時間もなかった。

そうだ、こんな時は心癒されるハーブに囲まれる、ミランダさんの温室へ行こう。ミランダさんから自由に出入りしていいと許可をもらっている。それに頂いたハバルの苗を育てているのもあるし。護衛がついていた頃、温室は王妃様の領域だと心しているらしく、中まではついて来なかった。だけど彼等を外で待たせていると思うと、ゆっくりしているのは気がひけたので、いつもは水だけをやると、短時間ですぐに立ち去っていた。

だが今は護衛に囲まれる生活から解放された。その代わり、身に着けた首元で光るネックレスは、どんな効果があるのかしら？　数日つけてみたけれど、これといって目に見える効果はない。

だがきっと、何かの意味があるのだろう。そう思いながら温室へと足を向けた。

そして鍵を開けて中に入る。様々なハーブが鉢に植えられ並んでいる。

ミランダさんとはあれ以来、会っていないけれど、こまめに来ているのだろう。

丁寧に作業している様子が、端々でうかがえたからだ。

温室の通路を真っ直ぐに突き進むと、三段になっている大きな棚が設置されている。

そこには鉢植えがずらりと並び、どれも世話をしやすい様に配慮されていた。

私は二段目の端に、頂いたハバルの苗を置いていたのだ。

そこで私の鉢植えを見て、愕然とした。

「何……これ」

私の鉢植えだけ、苗が抜かれ、地面には割れた鉢が転がっていた。

「ひどい……」

いったい誰がこんなことを？　私はすごく悲しくなった。

昨日まで、こんなことになっていなかった。それに温室に鍵もかかっていたはずだ。

これは明らかに私の鉢植えだと知っててやったの？　命までは取られないとしても、悪質な悪戯だ。

それに、ミランダさんから頂いた苗は、ようやくここまで大きくなって、強い香りを放つ様になっていたのに。

近づくだけで、その周囲に漂う香りは爽快で、枝の一本を部屋に飾るだけで、芳香剤になるほどだ。

私はとても悲しい気持ちになったけれど、こうしてはいられないとばかりに、しゃがみ込んだ。

ハバルの苗は枝が数ヶ所折れていて、土から抜かれてそのまま地面に投げられていた形だった。

棚にはたくさんの鉢が用意されていたので、その一つを借りることにした。ミランダさんには、後から伝えよう。

土を拾い集めて元通りに植えるけども、私の心は晴れなかった。

そして温室を出て、部屋へ戻る途中、広い庭園を横切る。どこからか甘い花の香りがする。

白いサフラの花の上には小さな蝶《ちょう》たちが、甘い蜜を求めて舞っていた。

その満開のサフラのたもとに、人影が見えた。その人物はしゃがみ込み、花を摘んでいた。片方の手には色とりどりの花々。

きっとまた、ロザリアさんのために摘んでいたのだろう。必死に花を集めるその光景に私は頬が緩んだ。驚かせようと思いながら、こっそりと近づいた。

「ラティナ」

彼女がゆっくりと顔を上げる。

その時、私はラティナの長い髪に、葉っぱがついていることに気づく。それにうつむいていると長い髪が肩から滑り落ち、作業をするには邪魔に見えた。

「ラティナ、ちょっと動かないで」

私はそっと、ラティナに手を伸ばした。

「えっ！　メグ様、なっ……」

「ラティナは髪が長いから、邪魔でしょう。作業の間だけでもまとめておいて――」

髪に急に触れられて、ラティナは驚いた様だ。

私はポケットにある紐《ひも》で髪をまとめてあげようと思い、黒い髪に手で触れると――。

「あれ、これって……」

彼女の首の後ろ、ちょうど髪から隠れる部分に紋章の様な印が刻まれていた。

私は瞬きをして、数秒間その印に見入ってしまった。その直後に、私の手は激しく振り払われた。

「見ないで‼」

すぐさま立ち上がったラティナが、険しい顔つきで私をにらんでいた。

そして手を振り払われた時、鼻に微かに感じたのはハバルの香り。

香りの強いそれは、触れただけでも手に香りがうつる。それを彼女が身にまとっているということは……。

「ラティナ、もしかして……」

たどり着いた可能性に、私は声を上げる。彼女は私に鋭い眼差しを投げ続ける。

「私、ロザリア様が一番大事なの……」

「ラティナ？」

今までの様子と違うラティナを見つめながら、私は動くことができなくなった。

「だからね、嫌なの」

目の前の彼女は手をギュッと握り一度うつむいた後、顔を上げ、再び鋭い視線を私に投げ付けてくる。

「ロザリア様の幸せを邪魔する人は、許せない……‼　早々に帰らないあなたが悪いの！　せっかく、もう少しだったのに……‼」

その瞬間、空気を伝って感じる感覚に息を呑む。それはまるで衝撃波の様で、私はとっさに目を閉じた。

そして感じるのは異変。

首元が、正確に言えばアーシュから贈られたネックレスの石が熱い。熱くてたまらないのだ。心臓の鼓動かの様に、私の首元からジンジンと衝撃が伝わってくる。それはまるで、火傷しそうなほど、熱を放っている。

「熱いっ……‼」

耐えられそうになくて、首元を抑えてしゃがみ込んだ私が叫んだと同時に、ネックレスの石が音を出して弾け飛んだ。

その瞬間、周囲には竜巻と思われるほどの、砂塵に砂埃《すなほこり》。石の欠片が周囲にキラキラと粉になり、輝きながら舞い落ちる。

その時、もうもうと立ち込める白い煙の中から飛び出し、姿を現した人物がいた。混乱している私の前に現れた人物は、しゃがみ込む私の前で瞬時に片膝をつき、安心したかの様に息を吐き出した。

「良かった、間に合ったな」

その声からも安堵が感じ取れた。

「アーシュ、どうして……」

ここにいるの？

「約束しただろうが」

それだけを言うと、動揺している私の腕を掴み上げ、緊迫したこの場から立たせた。

「お前を守るって」

掴まれた腕と視線からも感じる意気込みに、私は胸の奥が熱くなった。

「メグ——‼」

「レイちゃん‼」

名を呼ばれて振り返れば、剣を携えたレイちゃんの姿が視界に入る。隣にはレーディアスさんの姿までがあった。どこから来たの⁉

いきなり現れた人物たちに動揺するのは私だけじゃなかった。ラティナも表情を強張らせ、唇を噛みしめていた。

「メグ、ケガはない⁉」

「レイちゃんこそ、どうしてここに⁉」

「ああ。これのおかげよ」

レイちゃんは胸元からネックレスを取り出した。それは私がアーシュからもらったネックレスと同じ石でできていた。だけど私のネックレスの方が若干、石が大きかった気がする。

「共鳴石よ。主《あるじ》とする持ち主に危険が及べば、その場まで転移させてくれるという、優れた石よ。並大抵の魔力の持ち主でなきゃ、作れないわ。実際、私でも作れるのか、わからない。これを作ったのは他ならぬ殿下よ」

「えっ……‼」

もらったネックレスにそんな重大な意味があったなんて。言葉を失うほど驚いた。

「このネックレスをメグを主にして、私と殿下が持っていたのよ。あと、レーディアスもね。メグに何かあればすぐに駆け付けるためよ。今だから言うけど、相手を油断させるためにも、私とメグは離れたのよ」

私はてっきりレイちゃんが新しい世界に飛び立つことを決めたのかと、寂しくなっていたところだった。だけど違ったんだ。彼女の想いを知ったら、胸にじわじわと喜びの感情が浮かぶ。

「やるじゃない、殿下。しかも私より先に駆け付けるなんて。……くっそー‼」

悔しそうに叫んだレイちゃんは、静かに前を見据えた。

「レーディアス、メグを傷つけないで！　よろしくね」

「メグさんのことはお任せ下さい。ですが、あなたご自身の注意も！」

レーディアスさんの焦った声を、初めて聞いた気がする。だけどレイちゃんはふっと笑顔を見せると、前を見据えた。私に背を見せると、ラティナの前へと立ちはだかった。まさかの前線……‼

「レイちゃ……‼」

「メグさん、あなたは下がって下さい」

思わず手を伸ばしかけるが、レーディアスさんによって行く手を阻まれた。

「あの二人は、あなたを守ろうと必死です。その気持ちを無駄にすることはできません」

ラティナの髪は逆立ち、目を吊り上げて表情まで変わっている。身にまとう空気も冷え冷えと、まるで別人みたいだ。彼女がそこまで変わる理由は何？

ラティナに向かいあったアーシュは、口を開いた。

「レイから聞いて、まさかと思っていたけどな。お前の目的は何だ？　俺の命か？　だったらメグを狙わず正々堂々と俺に来いよ！　ここは結界を張った。例え子供といえど、害をなすなら、とことん相手になるぞ」

「……ッ」

アーシュは視線をラティナに向けたまま、私の前で構えているレーディアスさんに声を投げた。

「レーディアス!!　お前はメグを守れ」

「はっ！」

レーディアスさんは私を背に庇《かば》ったまま、鋭い返事をする。アーシュの声の様子からいって、真っ向から対立する気が満々だと感じ取れる。

その横で——。

「腕がなるわね！　うずうずして来たわ!!」

「レ、レイちゃん!!」

「イッツア、ショータームーイム!!」

それは違う！　この戦いは遊びじゃないの！　真剣勝負だよ、下手すればケガだけじゃ済まないの!!

どこか生き生きとしたレイちゃんが、そこにいた。慌てて前に立つアーシュに視線を投げる。できれば止めて欲しいと思っていた私だったけれど、彼の瞳も輝いている。彼もやる気だ。

がっくり肩を落とした私を見て、レーディアスさんだけはその意図を汲《く》んでくれた。だが、静かに首を横に振るだけだった。

つまりは――あきらめろ。誰にも彼等を止められない。そういうことだ。

勢いよく向かって行って、ケガだけはしないで欲しい。ただそれだけが気がかりだ。

私はこの期《ご》に及んでまだ、話し合いで解決できないものかと、考えあぐねていた。

甘いと思われるかもしれないが、私は平和主義。力づくは無理だし、言い方を変えればヘタレだった。

だがそんな私の思惑とは別に、周囲はやる気に満ち、一触即発の空気が流れている。

「邪魔者が増えた……‼」

ラティナは憎々しげにレイちゃんをにらんだ。対するレイちゃんは鼻で嘲笑う。

「それにしても、あんた、やっと本性出してきたわね。おかしいと思ってたんだよね。だって、あんたずっとメグをにらんでいたわよね。メグは気づいていなかったけれど。それにあんたからは魔力の匂いがする。それもメグが危険な目にあった時に感じた香りと同じ。上手く隠しきれていないところが甘い」

「…………」

レイちゃんは手にした剣をラティナに向け、言葉に詰まるラティナになおも続けた。

「だから私は絶対裏があると思って見張っていたんだよね、あんたのこと！　もっともメグは信用していたみたいだから、言わなかったけど、極力二人にしない様に気を付けていた。まあ、私の天性の勘ってやつ？」

敵意丸出しのラティナに向かって、レイちゃんが吠《ほ》えた。

「大人しい振りして微笑んで、何を企《たくら》むわけ？　まどろっこしいんだよね、裏でこそこそと！　直球勝負で来なさいよ‼」

「うるさい！　口出ししないで‼」

ラティナが髪を振り乱しながら叫ぶけれど、レイちゃんだって負けてはいない。

「ここまで巻き込まれた私達は、もう部外者じゃないわよ‼　それに、あんたがこんなことをして、黒幕はロザリアってことで間違いないわよね⁉」

「違う――‼」

その瞬間、爆発音と共に火が上がる。周囲が火の海になると思った瞬間、あっと言う間に白いベールの様なものが私達を覆った。これが、アーシュの張った結界の威力だと、瞬時に悟った。

しかしそれに構わずに、先に動いたのはラティナの方だった。手から大きな火の塊を発して、レイちゃんに投げ付けて来た。反射神経のいいレイちゃんが両手でガードするけれど、ダメだ！　間に合わない‼

「レイちゃん‼」

「レイ‼」

私は声を振り絞って名を叫ぶ。それが、レーディアスさんの声と同時に周囲に響く。

「…………っ!!」

不意を突かれたレイちゃんが腹立たしげに舌打ちする。

何とかレイちゃんの目前、ギリギリで弾けて散った魔力の塊は、レイちゃんにも傷を負わせた。幸い軽傷で、唇の端が少し切れたらしい。彼女はそのまま、腕で唇を拭った。

「油断するなよ、レイ!!」

「わかってるわよ!!」

アーシュにそう言われるとレイちゃんが悔しげに顔を歪めた。彼女の負けず嫌いが発動した瞬間だった。

そして間髪入れずにラティナが次なる手をかざすと、火の柱があがる。それを身軽にかわしたのはアーシュだった。

「おっと! 危ない」

「殿下こそ、遊んでないで。相手は子供といえど、真剣よ!!」

ラティナにこんな隠された魔力があったなんて――。

だが、最初こそレイちゃんにかすめはしたものの、アーシュとレイちゃんの二人がかりでは、圧倒的な力の差がある。ラティナが次々と放つ魔力の塊、それを剣でなぎ払うレイちゃん。アーシュは手で受け止め、軽く握り潰す。

「……っ!」

ラティナの魔力の底がついてきたのだろう、徐々に投げ付ける魔力の塊が小さくなっていく。

「――これで終わりか？　観念するんだな」

アーシュがそう言って、距離を詰めていく。行き場を失ったラティナは唇を噛みしめて、うつむいた。そして次の瞬間、私をきつくにらみ付けた。

「あなたさえ……!!」

その直後、ラティナの手が輝き出し、小さな魔力の塊が私に向かってくる。

あ、嫌――!!

あの二人が簡単にかわせる塊でも、凡人の私からしたら、ただじゃ済まない。

下手したら、死――。痛いのは……怖い!!!!

両手で頭を庇い、とっさに目をギュッとつぶる。

嫌な予感と共にしゃがみ込み、目を閉じてしばらくするけれど――。

あれ？　痛くない……？

私は恐る恐る瞼を開ける。しゃがみ込む私の前にはレーディアスさんが盾になって、羽織っているマントで私を覆っている。

さらにその前に、立ちはだかる人物が目に入る。

「ア、アーシュ……」

アーシュの手には、ラティナが私に投げて来たものだと思われる、魔力の塊があった。

それを手で掴んでいるのだから、常人の技じゃない。

ひとまず助かったと息を吐き出したと同時に、驚きと混乱で腰が抜けた。そのまま立ち上がれない。

「お前――自分が何をしたのか、わかっているのか」

その時、アーシュの声を聞く。それは、地を這《は》うほど低く、そして暗い。聞く者を怯《おび》えさせる声。

やばい、やばい。

心臓がどくどくと鳴り響き、嫌な予感が脳内を駆け巡る。

私はこんな声を出す人物を、アーシュの他にもう一人知っている。こんな声を出す時は、確実に怒っている。

そして次に最悪の展開の予想がついた。思わず、ごくりと唾を飲み込んだ。

空気が震える。ビリビリと何かが空間を走り、魔力に疎い私でもわかる。

魔力が彼の体から、大放出されている最中なのだ。それは空気を伝わって感じる。

同じく強い魔力持ちのレイちゃんですら、その力にあてられて表情が強張り、動けない。

その放出元はもちろん、私の前に壁の様に立ちはだかる、このお方で――。

「答えろぉぉぉ!!!!」

ぎぎぎぎぎぎゃあああああああああ!!!!

アーシュがアーシュが!!　今にも爆発寸前!!　見ればほら、ラティナが投げた魔力の塊に、アーシュの魔力が混じり合い、塊が見る見る大きくなる。あっと言う間に、まるでサッカーボールほどの大きさになった塊は、まだまだ増長し続ける。

「お前を疲れさせてから捕えようと計画していたが、その考えが甘かった様だな。こうなったら容赦しない、力づくでいく!!」

ラティナは恐怖に顔を歪め、首を振る。あの塊の狙いは自分だと理解して、恐ろしさに身が竦《すく》んでいるのだろう。その場に崩れ落ち、肩を震わせはじめた。

周囲には、火の玉が流れ落ちる。これを放出しているのはラティナ？　違う、アーシュだ。

完璧暴走前の、徐行運転中な気がするのですが、気のせいですか!?

だけどアレが、あの巨大な魔力の塊が、アーシュの手の上から放たれたら？

『千年前に一度、怒りに身を任せた王族の一人によって、一つの街が火の海になるところだったのよ。その王族の血筋が色濃く受け継がれてしまっているのが、アーシュレイド殿下だわ』

とっさに脳裏に浮かんだのは、ロザリアさんの言葉。

そして人は彼のことを『破壊の王子』と呼ぶ……。

ダ、ダメ――――――!!!

いやいや、だめだめ！　抑えて、抑えて!!

暴走したらどうするの？　私は冷や汗をかいた。怒りで周囲が見えなくなった彼を、今は止めることが先決だ。

「ダメ!!　私なら大丈夫だから!!」

彼の腕を背後から、ガッシと掴む。だけどまだだ。まだ足りない。彼は私を見ない。

こうなったら――。

私は彼の首に抱き付いた。全身で止めるしか術《すべ》はないと、しがみついた首に力を込めた。

「お願い、やめて!!」

「メグ……」

アーシュの驚いた声が耳元で聞こえた。

私は顔を離して彼の瞳を見つめ、今がチャンスとばかりに力強く言い聞かせる。

「私が側にいるから!!」

そんな巨大な力を放出させてしまったら、周囲には下手すれば死人が出る。

いくら私を狙っていたのがラティナだったとはいえ、相手はまだ子供だ。例え、どんな理由であれ、幼いラティナを傷つけては、アーシュは後から必ずや後悔するだろう。

だからまずは冷静になって!! それに私を狙っていたのも、彼女なりの理由があるはずだ。それが知りたい。

息がかかりそうな距離まで近づいて、彼の瞳をのぞき込めば、アーシュは目をギュッとつぶり、深く息を吐き出した。

呼吸はまだ荒いけれど、徐々に落ち着いて来たみたいだ。その証拠に手の中にあった塊が、勢いを失くし、徐々に萎んでゆく。

「……ああ、すまない」

額に汗を浮かべながらも、思いとどまった様子の彼は、我に返ったみたいだ。暴走寸前だった自分を恥じているかの様に、力なく返事をするけれど、私にはそれだけで十分だった。

何とかこの場を破壊することなく、落ち着いてくれたのだから。

そんな時、周囲に響いた声があった。

「ラティナ‼」

その声の主を見やると、そこにいたのはロザリアさんだった。

顔が青ざめて、手は小刻みに震えている。そしてラティナはというと、ロザリアさんの存在に気づいた後、一瞬だけ顔をくしゃりと歪めた。

「ラティナ、何を……何をしているの⁉」

「ロザリア様……‼　この者がいなくなれば、そうすればロザリア様は……！」

せわしなく私に視線を投げた後、ロザリアさんに視線を戻したラティナ。

その動作だけで、ロザリアさんは全てを理解した様に見えた。悲しげに首を振った後、

「おやめなさい‼」

いきなりロザリアさんが大声を発した。それも彼女の細い体から出たとは信じられない様な、厳しい声だった。

「その様なことは、私は決して望んではいません‼」

険しい顔つきで言い放った後、ラティナの体は緊張が緩んだ。その隙をついて、レイちゃんがラティナを捕えた。ラティナは抵抗しなかった。そこでレイちゃんがロザリアさんに向かって口を開いた。

「この子の魔力、私と同じ匂いがする。この力の大きさは何？」

そこで観念したかの様に、ロザリアさんはポツリと口を開いた。

「ラティナは赤子の時に、私の屋敷の前に捨てられていました。幼かった私が見つけて家で引き取ったのですが、成長するにつれ、徐々に魔力の大きさに気づきました。その魔力の大きさゆえに、きっと両親に捨てられたのでしょう。危険だと思われて……」

苦痛に顔を歪めながらも、気丈に口を開くロザリアさんの声が周囲に響く。

「この子の魔力は計り知れない。だけど、妹同然に思っていたラティナを見捨てることなどできるわけがありません。そこで私は数年前に、知り合いの魔術師に相談したのです。『ラティナの魔力を封じて欲しい』と。その頼みを聞いた魔術師は、ラティナの魔力を封印しました。そして首の後ろに封印の印を刻んだのです」

レイちゃんは息を一つ吐き出すと、顎をしゃくった。

「なるほどね、成長と共に、封じ込めておくことが困難になっていったんだろうね。その魔術師よりラティナの力が強いんだ。ここにきて、封印が解けたんだろうね。——ほら、首の後ろから魔力が漏れ出している」

ロザリアさんがラティナに駆け寄り、震える手で長い髪をかき分けた。

そして首を確認すると、ハッと顔色を変えた。どうやらレイちゃんの言ったことは、図星だったみたいだ。

「ラティナ……」

「ごめんなさい、ロザリア様……。使ってはダメだって言われていたのだけど……」

ラティナは大粒の涙があふれる瞳を真っ直ぐに、ロザリアさんに向けた。

「だって、舞踏会に出ることが決まってから、ロザリア様は本当に嬉しそうに、いつも笑っていた。だけどこの城に来てからは、徐々に元気がなくなった。少しでも元気になってもらえる様に、お花を摘んで部屋に飾ってみたりしたけれど、ダメだった」

「ラティナ……」

「ロザリア様は、どうすれば笑ってくれる？　どうすれば元気になれるの？　って、ずっと考えていた。だからロザリア様以外の候補者がいなくなればいいって……。少し脅かして、いなくなってくれたらいいなって……」

ひっくひっくと嗚咽《おえつ》を漏らしながらも胸の内を吐き出したラティナ。その瞳からは大粒の涙が止まることを知らずに、とめどなく流れ落ちる。

「ロザリア様に元気に笑っていて欲しかったの……」

それを聞いたロザリアさんは悲痛な表情を見せた後、うつむいた。

ロザリアさんはしばらくの沈黙の後顔を上げると、口の端を噛みしめた。そして次にその美しい顔に、笑みを浮かべた。それはまるで、何かが吹っ切れた様な、そんな清々しい笑みだった。

「アーシュレイド殿下。あなたにお話があります」

静かにうなずいたアーシュ。ロザリアさんは顔を真っ直ぐに、彼に向けた。心なしか瞳が潤んでいる。だがそれは、気のせいではないだろう。

「ずっと、あなたのことが好きでした」

そう、その想いはラティナの告白を聞いた時から、この場にいる皆が知ってしまった。

ラティナは大好きなロザリアさんのため、候補者である私が邪魔だったのだ。全てはロザリアさんの笑顔を見たいがゆえの行動。

「ラティナは私を思っての行動だったのです。一国の王子に手を出して、ただで済むとは思っていません。いかなる罰も受けますので、どうか私に――‼」

「違います‼　私が勝手に……‼　ロザリア様は悪くない‼」

お互いを庇いあう二人の前に、ずいっと歩み出たのはレイちゃんだった。

「ラティナ、これだけは言わせてもらうわ。あんたがロザリアを大切に思う様に、私だってメグを大切に思っている。自分が害そうとした相手にも、大切な誰かがいるということを、忘れるな‼」

容赦ない鋭い叱責に顔を歪めるラティナ。レイちゃんの厳しい言葉もまた、私を思っての行動だ。

そこでアーシュがラティナに向かい、静かに声を出す。

「俺も巨大な魔力が制御できずに、持て余していた。お前は今回、使うべき道を誤った。本来、こんなことに力を使ってはいけない。攻撃や威嚇をするよりも、大事な奴を守れる様に、努力するべきなんだ。俺もお前も」

決意に満ちた声を出した後、次にロザリアさんへ視線を向ける。

「ロザリア、俺は――」

「いいの。その先は言わないで欲しい。私はね、とっくにわかっていたの。私のことを妹の様な存在だと思っていたでしょ？　無理だとわかっていながらズルズル引きずっていた。物わかりのいい、幼馴染のふりをしていたの。もっと早くに玉砕していたら、こんな風には、ならなかった」

「ロザリア……」

そこでロザリアさんは、地面に膝をついた。ラティナを抱きかかえ、まるで庇うかの様に身を引き寄せた。

「ラティナのことは、許してと言える立場じゃないとわかっています。彼女が受ける罰の半分は、私が受けるわ。だから……お願いします」

罪を半分被《かぶ》ると言うロザリアさんは気丈に振る舞っている。それはまるで大事な妹を守る姉の様な表情をしていた。

――どこか似ている。

そう、私とレイちゃんの関係に。

こんな表情を見てしまった私はいてもたってもいられず、緊迫した空気の中、とっさに口を開いてしまった。

「あ、あの……」

それまで黙っていた私の声が聞こえたものだから、一同皆が驚いた様な表情を私に向けた。

周囲の注目が私に集まっていると肌で感じながら、はっきりと口にした。

「ま、丸く収めるってのはどうでしょうか？　私は無事でしたし」

「メグ⁉」

レイちゃんが私を呼ぶが、聞こえないふりをする。

「ええと、ですね。相手を思いやるあまり、勝手な行動に走ってしまうのは、ありがちな行為だと思うのですよ。ただ、今回はやり過ぎでしたけれど」

悪戯では済まされないレベルだと、私もそう思う。だけど——。

「これがアーシュレイド殿下を狙ったのなら、また別の話でしょうが、最初に狙ったのは何の身分もない私ですし。今回の件でラティナとロザリアさんに重い処罰を与えてしまっては、私が一生後悔すると思うのです。それは嫌です。だから勝手な言い分に聞こえるかもしれませんが、私の罪悪感のない生活のためにも、お願いです」

「メグ……」

沈んだ声を出すレイちゃんだけど、私が決めたことだ。いくらレイちゃんでも、これは譲れない。

「ごめんなさい、ごめんなさい……、メグ様、ロザリア様。怖い思いをすれば、城からいなくなってくれるかな、って思って……」

ひっくひくと声を上げて泣き出すラティナは、ことの重大さをわかっていなかったのだろう。彼女の中にあったのは、大好きなロザリアさんの想いを叶《かな》えてやりたい気持ち。ただそれだけが重要で、その他のことは目に入っていなかった。大人びて見えても、やはり子供だ。

相手を大切に想う気持ちは間違ってはいないけれど、やり方は違うよと、言ってやらなければならない。

それをこれから教えていくのが、周囲の人間の役目だと思う。

その時、一歩前に踏み出したのはアーシュだった。彼は自分の耳に手を当てて、何かを外す。そしてそれをラティナへと差し出した。

「受け取れ」

そう言って戸惑っているラティナの手を開き、半ば強引に何かを手渡した。

「一流の魔術師が作った、魔力制御のイヤーカフだ」

それは銀色に光り輝く、いつもアーシュが身に着けているものの一つだった。

「五年間、これをお前に貸してやる。これである程度は、お前の魔力を制御できるだろう」

驚いて手の中のイヤーカフを見つめるラティナに向かって、アーシュはなおも続けた。

「俺はこの魔力制御の装飾品を、一つずつ外していかなければならない。自分で制御できる様にならないといけないんだ」

アーシュの耳には残された装飾品がいくつか光っていた。そしてその言葉は、自分自身へと言い聞かせている様だった。

「俺はこの力を制御できる様になると誓う。だからお前も道を誤るなよ。そして今後は、絶対誰も傷つけないと誓え」

最初は戸惑う様子を見せていたラティナは、その意味を理解すると力強くうなずいた。

「五年をめどに、魔力を制御できる様になれ。そして、その時に装飾品を返してくれ。そこから、王宮魔術団に所属し、その力を国のために使える様になれ。その時こそ、お前が罪を償う時だ」

「……は、はい」

それが、アーシュがラティナに下した決断だった。ラティナは受け取った装飾品をじっと見つめた後、強く握り締めた。

強過ぎる魔力、その力を持て余し、向き合おうとしなかったアーシュも、ここにきて心境の変化があったみたいだ。

「ロザリア、お前には後で、通達がいくだろう」

静かな声で語り掛けるアーシュの声を聞いた彼女は、そっと頭を下げた。ロザリアさんへの処分はどうなるの？　丸く収めてくれるんだよね……？　私はそう切り出したかったけれど、口出しできる雰囲気でもない。

そうこうしているとロザリアさんは、まだ涙の乾かないラティナを支えると、静かに、そして深く頭を下げた。振り返ることなく去って行くその後ろ姿を、私達は見送った。

「まずはこれにて解決、かな」

ポツリと呟いたレイちゃんの口調は、どこか安心めいていた。だがしかし――。

肝心なことが一つ、残っている。

私は唇をぎゅっと噛み締めた後、顔を上げた。

「それより、アーシュ……そしてレイちゃん。ちょっと私の側まで来てくれる？」

私はアーシュとレイちゃんの顔を、ゆっくりと交互に見つめた。

アーシュとレイちゃんは私に呼ばれたので、前まで歩を進めた。目前まで来たアーシュの瞳を見つめ、私が口端を上げて微笑むとそれにつられて、アーシュが頬を緩めた。私の視線よりずっと高い位置にある彼の瞳は、目的をやり遂げた達成感で輝いていた。

すごく整った顔つきだと思いながらも、私は深く息を吸い込んだ。そして次に、大きく口を開くと——。

「このおバカ二人組!!」

自分でも思ったよりも大きな声が出てしまい、アーシュとレイちゃんの肩が揺れたのがわかった。

「脳みそ筋肉二人組!!」

それでも続く私の大声を聞いて、再度二人が身を震わせた。

「毎回毎回、後先考えずに突っ込むなー!」

私の叫び声は周囲に響き渡っているだろう。だが、今はそんなこと構っていられない。

「私のことを大事にしてくれるのは嬉しいけど、自分のことも大切にして!!」

瞬きを繰り返す二人を前にして、私は感情を爆発させていた。

「レイちゃん!!」

「な、何!?」

私がレイちゃんへと顔を向けると、レイちゃんは二歩ほど後ずさる。

「いつも言ってるけど、まずは私の話も聞きなさい!!　思い立ったらすぐ行動するよりも、心配している人がいることも忘れないで!!」

「は……はいッ!!」

レイちゃんは姿勢を正すと、勢いよく返事をした。とっさに騎士団の敬礼のポーズを取ってしまったみたいで、礼儀正しい。

そして次に、そんな私達を見て呆気に取られている人物を、キッと見据える。

「アーシュ！」

「おっ、おお！」

急に名を呼ばれた彼は背筋を伸ばす。私より頭一つ分背の高い彼を見つめた。

「あなたもよ‼　魔力が暴走したらどうするの！　あなた自身はおろか、周囲を巻き込んで大惨事になるに決まっているでしょ‼　少しは冷静になって‼」

私は一気に二人にまくしたてると、肩で息をする。やばい、息が切れてゼェゼェしてきた。ここ最近は、こんなに怒鳴った記憶がない。完全にキャパオーバーだ、限界点はとうに超えている。

これで私の想いが伝わったのだろうか。顔を上げて目の前の二人に、視線を投げる。見れば二人して、バツが悪そうな顔をしている。

その表情を見ていると、あれ……？　なぜか視界がぼやける。

「まったく二人して、私のことばかり優先した挙句にケガまで……」

私がアーシュの手を見ると、サッと後ろ手に隠された。だけど私は、さっき手の平から血が出ていたことに、気づいたのだ。今更隠されても、もう遅い。

「だ、大丈夫だ！　こんなのケガのうちに入らない。だから、なっ！　まず落ち着いて、なっ……？」

動揺して両手を振り上げるアーシュを見るけど、ラティナの魔力の塊を受け止めた時にできた傷が痛々しく見えた。

「レイちゃんも、キズなんて作って……」

「あ、これ⁉」

レイちゃんの口の端にも、少しだけど血がにじんでいる。私はそれを確認すると、涙が込み上げてきた。

「傷が残ったらどうするの！」

「わわ！　これこそ本当にかすり傷だから！　舐《な》めておけば治る‼　殿下とは違って嘘つかない！」

そこで自分の名前が出てきたアーシュが、心外とばかりに口を挟む。

「何で俺が嘘つきになってるんだよ！　俺だって寝れば治る！」

舐めておけば治るとか、寝れば治るとかって、二人してどれだけ野性児なの‼

そんなことより、自分をもっと大事にして欲しい。目の前で繰り広げられた戦いにハラハラするだけで、何もできずに守られている自分が、とにかく歯がゆかった。

「まあ、お前はどんな傷をつけても、レーディアスが嫁にもらってくれるはずだから、安心しろ！」

「なぜそこでレーディアスの名前が出てくるのよ⁉」

そして、目の前で始まったいつもの光景だけど、私の思考が限界を訴えて、涙がこぼれ落ちた。

それにいち早く反応したのはレイちゃんの方が先だった。アーシュはギョッとした表情を見せ、うろたえている。

「あっ、メグ！　泣くな、泣くな！　ほら、殿下もなだめてよ！　突っ立ってないで！」

「わ、わかった！　俺が悪かったから‼　なっ⁉　だからメグ泣くな！」

二人がかりで必死になだめにかかるけれど、困ったことに、涙があふれて止まらないのだ。

こうも慰められると、逆に涙が止まらなくなる。完全に逆効果だ。

私は涙がポロポロこぼれ始めたみっともない顔を見られたくなくて、両手で顔を覆った。

そんな私に焦った声がかかる。

「メグ、メグごめんね？　もうしないから、泣き止んで‼」

「……っ」

そんなこと急に言われたって無理だ。私は肩を震わせて涙する。

「うぉー！　どうすればいいんだ！　メグはどうすれば泣き止むんだ‼」

「もう！　殿下の声が大きいから！　メグがびっくりしているわよ‼」

「お、お前だって負けずにでかいだろう‼」

二人して、少し黙って泣かせてよ‼

最後にそう叫びたかったけれど、周囲はそうもさせてくれない。

しばらく流れる涙を自然のままにしていたけれど、周囲の慌てっぷりが、そろそろ尋常でなくなってきた。

それに気づいた私は、ゆっくりと顔を上げた。

私の泣きはらした顔を見た瞬間、ギョッとした表情を見せた二人。

そしてそのまま二人並んで背筋を正すところがおかしくて、涙を流しながらも、つい笑ってしまった。

「やっぱり、アーシュもレイちゃんも、そっくりだ」

そう呟いた瞬間、

「冗談だろ‼」

「冗談でしょ‼」

二人で同時に叫ぶから、笑ってしまった。

それを見た二人があきらかに、ホッとした様な表情を浮かべた。

怒った挙句、子供みたいに泣いて、私が感情的になって二人を振り回したのって、これが初めてかもしれない。慣れないことをしたものだから、一気に力が抜けた。

「アーシュレイド殿下」

そんな時、声をかけてきたのは、レーディアスさんだった。静かに見守っていた彼は微笑を浮かべていた。

「何だよ、レーディアス。笑って見てるなよ！」

その途端、アーシュがムッとした様な声を出す。

「これは失礼しました。殿下を怒れる人は滅多にいないので、つい見入ってしまいました」

それはもしかしなくても私のこと……だよね？　途端に恥ずかしくなる。

「すみません。温厚なメグさんが感情的に怒る姿が珍しかったものですから。それにお二人が振り回されていらしたので、つい見守ってしまいました」

楽しそうに語るレーディアスさんに、アーシュが再度叫ぶ。

「面白がるなよ！」

「そうよ、レーディアス、性格悪いわ！」

ついにはレイちゃんまで顔を赤くして叫ぶと、そこでレーディアスさんは怒っているレイちゃんの方に体ごと向いた。

「すみません。オロオロと動揺しているレイが――」

「何？」

言いよどんだレーディアスさんは、口元へと手を持っていった後、ふわりと微笑んだ。

「あまりにも可愛らしかったので、つい……」

レーディアスさんに笑顔を向けられたら、たいがいの女性は頬を染めるだろう。だが、相手はレイちゃんだ。

「は？」

眉根を寄せて、渋い顔をしている。理解不能といわんばかりだ。

レイちゃんてば、またそんな顔をして‼　せっかくの綺麗な顔が台無しだよ。まあ、そんな表情しても美人だけどさっ。

「レーディアスってば趣味悪ッ」

おまけにそんな悪態までついて……。だけどレーディアスさんの方も、楽しげな笑みを絶やさないのだから、大概当たっているのかもしれない。打たれ強い……のかなぁ。しばらく頬を緩めていたレーディアスさんが、表情を引き締めたと同時に口を開く。

「一つ、あなたに聞きたいことがあったのです、レイ」

そう問われたレイちゃんは、レーディアスさんと向き合った。

レーディアスさんは、いつになく真剣な表情をしている。いったい、何を言い出すのかと、聞いている私にも緊張が走った。そんな外野の心中は知らずに、彼は口を開いた。

「あなたはメグさんをとても大事に想っている。その対応は、少し過保護とまで思えるほどです」

「んー。そうかな。まあ、メグには甘いかもね」

あっさりとそれを認めたレイちゃん。

「そんな過保護なまでのあなたが、この王都までメグさんを連れて来よう思ったわけはなぜですか？　連れて来た私が聞くのもなんですが、本当に阻止しようと思えば、あなたにはそれができたはずです」

「……」

一瞬だけ、レイちゃんの息が詰まった。

「そうね。メグと外の世界を見てみたいと思ったから、かな」

「それはどういう意味で？」

呟いたレイちゃんの言葉を、レーディアスさんが拾い上げた。

「私とメグはあの村に住んで三年。最初の頃は生活に慣れるのが大変で四苦八苦したわ。でも慣れてくれば、あそこでの生活を楽しんでいた。メグには私しかいない状況で、私にはメグしかいない」

「そうですね、二人で生活していたのですから」

「私は直球勝負で物事を進めるけれど、もしかしたらメグは、そんな私にどこかで遠慮しているのかな？　とも感じていたんだ。基本、言いたいことをため込んでしまう性格なんだよね」

「だからここまで連れて来たと？」

そこでレーディアスさんの視線が一瞬、鋭くなる。

「ええ、そうよ。環境が変われば、メグも殻を破れるんじゃないかなと思ったわけよ。しっかし、メグに怒鳴られる日が来るなんて、いい意味でびっくりだわ!!」

そう言って豪快に笑うレイちゃんだけど、私は顔が火照るばかりだ。さ、さっきの啖呵《たんか》は、ちょっと忘れて欲しいかな、なんて。

「では、あなたはメグさんを――」

そこまで言って口をつぐんだレーディアスさんに、レイちゃんが話を続ける様にと、視線を投げた。

「恋愛感情での『好き』ではないのですね？」

「レーディアスのアホたれ」

真面目な顔して聞いたレーディアスさんに、レイちゃんが呆れた様に口を開けた。

そんなことあるわけないでしょうが!!　そこは私もツッコミたい。

「そんなことないわよ!!」

「そうですか」

即座に否定の言葉を吐いたレイちゃんと、それを聞いたレーディアスさんは胸に手を当てて、明らかに安心していた。

「レイのメグさんに対する態度を見て、もしや恋愛感情が含まれているのではないかと思ったのです」

「そんなわけないでしょ!!」

「今、はっきりしました。勇気を出して聞いてみて良かったと、心から思います。おかげで私は今夜からよく眠れそうです」

「それは良かったわ。……よくわからないけど」

レーディアスさんは自分になびかないレイちゃんが、私を好きなのかもと疑っていたのだろうか。

そんなわけないのに!!

しかしそれほどまでに、レーディアスさんも周囲が見えなくなっていたということだ。

女性から人気のある彼でも、こんな風になるんだ。突拍子もない考えにまで、たどり着くなんて……恋の力は恐るべし。

だけどね、レーディアスさん。私なりにアドバイスをするのならば、レイちゃんには直球を投げなきゃダメだと思う。真正面から堂々とね。それこそ変化球で勝負を挑んでも、彼女の心は上手く摑めないと思う。

「そういうわけよ、メグ」

「レイちゃん」

レイちゃんが私に、爽やかな笑みを向けた。

「私としては、メグが殻を破るきっかけがあればいいかなと思っていたわ。まあ、王都に来てみたかった理由もあるけどね」

彼女の想いを聞いた今、私も本心を告げよう。

「私はレイちゃんとあの村で過ごせて、本当に幸せだった。一人でこの世界に迷い込んでいたら、不安で狂っていたと思う」

「メグ……」

「私にとってレイちゃんは、友人というより、もう家族だよ」

レイちゃんと私は、時には喧嘩もした。言いたいことを我慢しているかもとレイちゃんは心配していたみたいだけど、そんなことはない。私なりに伝えていた。

それはレイちゃんが、食べっぱなしの食器をいつまでも放置しているからだらしないとか、寝坊してばかりとか、ほんのささいなこと。まあ、しょうがないかな、なんて思ってあきらめて、最初は何も言わなかった。

だけどある時、『メグは言いたいことを我慢するな！』そう言われてからは、少しずつだけど言葉にする様になった。

言葉で上手く言えない時は、手紙にして伝えたりもした。

言い合いになった時は、しばらくお互いの部屋に入って冷却期間をおいた。そうすることで、あれだけ頭にきていたのに、自分も悪かったのかもしれないって思うの。不思議だね。時間を空けると色々な視点から考えることができた。

だから、仲直りも自然な形でしていた。私からは『レイちゃん、お菓子作ったけど食べる?』これが仲直りを誘う言葉。レイちゃんの機嫌はこれでだいたい直る。

レイちゃんは、

「メグのバカ！　ちょっとは考えなさいよ！」

そう叫んで部屋に閉じこもることもあった。

でもしばらくすると、部屋の扉がカチャリと少し開くのだ。その隙間からそっと顔を出して、「言い過ぎちゃった。メグ、ごめんね」そう言ってくるのがいつものレイちゃんのパターンだった。

この世界にきた私達だって、最初から上手くいっていたわけじゃない。

慣れない生活に、ストレスを感じることだってあった。直に不満を口にするレイちゃんと、我慢してしまう私。だけど、そんなことではダメだと、いつも言われていた。だから私なりに、少しずつ、ストレスはその場で解消する様になったのだ。

レイちゃんは、根に持たない性格だ。豪快で真っ直ぐな気性だから、ここまでやってこれた。

そうやって生活して来たレイちゃんは、私にとって、大事な家族だよ。

「けどね、レイちゃん。私はてっきり1000ペニーにつられたのかと思った」

お金にがめつ……いえ、しっかりしている彼女のことだから、飛び付いたな、と肩を落としたっけ。

だけどどうやら違ったらしい。私を思っての行動だったのだ。胸が熱くなり少し感動していると、

「うん、そうね。確かに1000ペニーも魅力的だったわ」

続いたレイちゃんの言葉に、ガクッと肩を落とした。そんな私を見てもレイちゃんは、悪びれた様子はない。

「しょうがないじゃない。生きてく上でお金は必要じゃない」

「ソウデスネ」

あっさり認めるレイちゃんに、私は棒読みで答える。そんな態度に、レイちゃんが素早く反応する。

「怒らない、怒らない。でもほら、これで村長にお土産も買って帰れるよ！　後はコケ子とモーモーの毛づくろいの専用ブラシも‼」

レイちゃんの弾んだ声を聞き、私も素早く反応した。

「それって村長が欲しいって言ってたアレ⁉」

「うん。ずっと言ってたじゃない。『ラビラの帽子が欲しいんじゃ』って！　あの調子じゃ、死ぬまで言い続けるよ！」

力説するレイちゃんだけど、え、縁起でもないから、それ。村長の年齢考えると笑えませんから。

「だからさ、最初の約束通り、街に行こう。美味しい物を食べて、いろいろ見て歩こう」

「レイちゃん」

「そして観光して、たくさん買い物して、気が済んだらさ――」

「うん」

「――あの村へ帰ろう」

レイちゃんからの魅力的な申し出に、私は笑顔になった。

「もうメグを狙う奴もいないだろうし、これでめでたし、めでたし。さあ元の生活に戻ろう‼」

「そうだね、レイちゃん。私達の村へ帰ろう！」

私は力強い意思を持つ、レイちゃんの瞳を見つめた。

優しい村長を筆頭に温かな村民たち。それに、コケ子とモーモーも私達を待っているはずだ。

そう、あの村で私達は二人、手を取り合っておばあさんになるまで暮らすのだ。自給自足のハッピースローライフ。それもすごく素敵なことじゃないかしら？

さぁ戻ろう、心落ち着く私達の居場所へ――。

「帰りましょう、メグ‼」

「帰ろう、レイちゃん‼」

差し出されたレイちゃんの手を握りしめようと、私はスッと手を伸ばした。

「ちょっと待った‼」

突如、いきなり目の前に飛び出て来たのは、焦った表情を浮かべたアーシュだった。私とレイちゃんの間に割って入った。

「おいおいおいおい！　お前ら、二人で自己完結、美しい友情エンドを迎えようとしているがな、それはちょっと待て！」

「何でよ、いいじゃない！」

視界を遮られたレイちゃんがムッとした声で叫ぶと、アーシュが背後を振り返る。

「いいから、ちょっと待ってくれ!!」

そう言われてレイちゃんも押し黙る。

次にアーシュが私に顔を向けた。そして唾を飲み込むと、私の顔を見つめた。それは何かを決意したかの様な真剣な表情で、それに対する私も背筋を伸ばし、身構えてしまう。

「このまま、お前を村に帰してたまるかよ」

「え……」

呆気にとられて瞬きを繰り返す私に、横からも声が聞こえた。

「殿下に同意です。まだこれからだというところ――」

見ればレーディアスさんまでもが、不満気な顔でうなずいていた。

「そうだ、ここにいる男二人を忘れていないか？」

アーシュが私に詰め寄るけれど、それは決して忘れていたわけじゃない。お世話になった感謝の気持ちを、きちんと伝えて帰ろうと思う。

「あの――」

「お前、鈍い。鈍過ぎる!!」

私が口を開こうとすると、アーシュはそれを遮った後、深くため息をついた。

瞬きを繰り返した私の瞳をアーシュが見つめる。心なしか潤んで見えるその瞳を、私も見つめてしまう。彼が何かを口にしたいのだと気づき、私は押し黙った。

改めて見るアーシュの瞳は大きく、鼻筋もスッと高い。涼しげな口元は、きつく結ばれている。まだどこか幼さの残る顔つきだけど、後二、三年もすれば、今以上に魅力的になることだろう。

やがてアーシュが、意を決した様に口を開いた。

「レイの協力もあって、犯人を特定することができた。お前を危ない目にあわせてしまって、迷惑をかけたと思っている」

一瞬目を伏せた彼の表情を見て、本当に私に申しわけないことをしたと感じているのだと、悟った。

「だが、俺はお前に出会って、初めて自分の魔力と向き合おうと思ったんだ。今は魔力封じの装飾品で抑えている状態だが、近い将来、完璧に制御できる様になる。それを誓う」

「アーシュ……」

私と出会ったことで、彼も考えるところがあったみたいだ。

それぞれ生活する場は違うけれど、彼も頑張って欲しい。私は村に帰っても応援しているから——。

「あのね……」

私はそう伝えるべく口を開くと、

「もう誰も傷つけないし、魔力だって制御できる様になる。将来的には、この国の力になる」

「ええ」

彼がそんな風に考える様になっただなんて、成長したのだと感じて、力強くうなずいた。

彼はきっと、力のある素晴らしい王になることだろう。もう大丈夫だ。

「そう思えたのも、お前がいたからだ」

「……あ？　……えっと……」

最後の台詞に困惑する。

あれ？　ここでこの流れはおかしくないか？　『もうお前を解放する。じゃあな！　元気でな！』

そうくると思っていたのですが。

困惑して眉をしかめた私に、アーシュは咳払いを一つして、顔を逸らして横顔を見せた。そして
そこからのアーシュの台詞は、私の予想の斜め上をいくものだった。

「処罰は軽減するにしても、こんなことになった以上、ロザリアは候補者から外れることになる」

「え……」

フィーリアが辞退、ロザリアさんも候補者から外れる。つまり残るのは――。

「えー!!」

「何だよ、その不満そうな声」

「だ、だって……!!」

そんなこと、思いもよらなかったのだけど!!　だって最初にアーシュは『周囲がうるさく言わなくなるまで、『ふり』でもいいから、していろよ！』確か、そう言っていたじゃない。

いわば私は仮の状態でしょ!?　それとも違うの……？

そう口にしようとする前に、アーシュが大きくため息をついた。

そして次に、私と真正面から向き合った。

「候補者がお前しかいなくなったとか、そんなこと、どうでもいい。――俺はお前がいいんだ」

その瞳に宿る色は、真剣だった。こんな表情を向ける彼を見て、決して冗談ではないと悟る。

「え、えええええっ!!」

直球過ぎるアーシュの告白に、驚いて変な声を出してしまう。思わず一歩、後ずさる。

真っ赤になって視線をさまよわせると、レイちゃんと目があった。彼女ならこの困った状況に、救いの手を差し伸べてくれると思って、自然と目で訴えてしまう。

だがレイちゃんの対応は、私の予想とは違った。にっこり微笑むと、

「ちょっと、もう少しムードを考えなさいよね？　いくら流れのまま勢いづいたからって言って、見ている私達は、どうすればいいのよ？」

レイちゃんのその落ち着いた反応を見て、私は驚いて目をひんむいた。

「レ、レイちゃん、し、知ってたの？」

「知ってるも何も、知らないのはメグだけじゃない？　殿下の恋心は周囲に駄々漏れだったわよ」

「う、嘘!!」

まったく気づいていなかったのは私だけ？　それを知ったら、ますます恥ずかしさがこみ上げる。

そして強い視線を感じる方向に、おずおずと顔を向ける。

そこにいたのは、熱い眼差しを投げてくるアーシュだった。

「で、お前の答えは？　それが聞きたい」

い、今ここで⁉

堂々と、しかし逃がさないとばかりに私に向けてくる視線の強さに戸惑う。

いきなりそんなこと言われたって、私の心は動揺するだけ。それにたった今、村に帰ると決めたばかり……。

「か……」

「か？」

かろうじて私が一声発すると、じりじりと歩みよってくるアーシュが怖い。眼力もそうだけど、鼻息も荒い様な気がするのですが！　これは絶対気のせいじゃない‼

「か、か……」

「何だ、それは？　お前、さっきから、『か』しか言えてないぞ。まさか『帰ります』じゃあ、ないよな……？」

そうして徐々に距離が近づいてくるけれど、私は気持ちがいっぱいいっぱいだ。背中を変な汗が伝う。

こうなれば私がとる手段は一つ――。

「か、考える時間を下さい‼」

「あっ！　おい！　待て‼」

きっぱりと言い切って、くるりと踵を返した私は、そのまま背中を見せて、脱兎《だっと》のごとく逃げ出した。

走れ、走れ！　まずはこの恥ずかしい場面から、一時退散だ！

背後から響く、レイちゃんの笑い声を聞きながら、私は必死に駆けて行った。

しかし案の定、私はすぐに捕らえられた。手首を掴まれ、足を止める。

「あっ、あのね、その……」

ダメだ、混乱のさなかで、彼の顔が見れない。

「お前も相当混乱しているな。じゃあ——」

そこで彼から続けられる言葉を予想して、体が固まる。心の準備ができていないのだ。

「今はいったん引いてやる。だが近々、お前を迎えに行くから」

「はっ⁉」

だが予想外の言葉をかけられて、思わず変な声を出してしまう。

何のことだろう。どこかへ行くというの？　不思議に思って彼の顔を下からのぞいた。

アーシュは頬を朱色に染めていた。その口元を手で隠した後、横顔を見せた。

「それまで待ってろ」

私にそう言った後、掴んだ手首をあっさりと解放すると、背中を見せて去って行った。私は混乱したまま、しばらくその場で立ち尽くしてしまった。

それから三日が過ぎたけれど、一向にアーシュが私の元を訪れる気配はなかった。

あの激動の一日は何だったのかと拍子抜けしてしまうほど、あっさりと日常に戻った。

そして今日も無事に一日が終わろうとしていた。

私は眠りに入ろうと思い、ドレッサーの前に座り、櫛《くし》で髪をとかしていた。

アーシュはどういうつもりなんだろう。あの日以来会っていないけれど、忘れているのかしら？

しばらく鏡の中の自分を見つめていると、どこからかコツン、コツンと音がする。

それは一定のリズムで、不思議に思って首をかしげた。いつまでも聞こえるので、音の出所を探るため、立ち上がった。そのまま窓枠まで近づいたところで、私は仰天した。

「ア、アーシュ‼　そんなところで、何をしているの？」

驚いたことに窓辺の木によじ登り、そこから窓を叩いているアーシュの姿があったのだ。

私は急いで窓を開けた。冷たい風が部屋に入り込み、頬をなでる。私の驚いた様子を見てまるで心外だとばかりに、アーシュは声を出して笑った。

「何だよ、迎えにくるって言っただろ？」

「今夜だなんて聞いてないよ！」

「ああ、ちょっと天気を見ていたんだ」

「かといって窓からくるなんて、危険だわ」

「見つかるといろいろうるさい奴らが多いだろ？　それに俺は平気だ。説教しようとするセバスから逃げる場所は、昔から木の上と決まっていたからな」

笑うアーシュだけど、それはセバスさんを相当困らせたことだろう。私もついつられて笑うと、
ふとアーシュが何かに気づいた様に私を見つめた。そこで私は彼の視線の先、自分の姿を見下ろし

て、ハッと我に返る。そこは薄い夜着を一枚着ただけの姿があった。

するとアーシュはサッと視線を逸らして、口元を手で隠した。暗闇でもそうとわかるほど、彼の顔は朱色に染まっていた。焦った私が椅子に掛けてあったガウンを手に取り、それを羽織る。

「そのまま着替えろよ。俺は下に下りて、裏庭の噴水の場所で待ってるからな」

「う、うん」

そう言ったアーシュは、実に身軽に木から下りて行った。その後私は、急いで着替えた。

部屋をそっと抜け出し、暗闇の中、月明かりだけを頼りに裏庭を進む。やがて人影が見えると、ホッとして小走りで近寄った。

「ねえアーシュ、どこへ行くの？」

「ついてくればわかる」

そうして大人しく彼の後をついて行くと、馬車が用意されていた。アーシュが扉を開けて、視線で中に入る様に促されたので、それに従う。私達が席に座ると、馬車は静かに走り出した。

不思議なことに、アーシュは一言もしゃべらない。無言で窓の外を見ているから、私も口を開かずにいた。

何か変なの。日頃はおしゃべりな彼が、まったく口を開かないだなんて。それだけで私はいつもと違う雰囲気を感じてしまう。

いったい、これからどこへ行くんだろう。静寂が包み込む空間の中で、私は不思議な思いで彼を見つめていた。頬杖をついたアーシュは私の視線に気づくと、顔を逸らした。

しばらく走った後、静かに馬車が止まる。どうやら目的地についたみたいだ。私達はそっと馬車から降りた。地面に足をつけた時、周囲が明るいことに気づいた。天を見上げれば月が輝き、満天の星が散りばめられていた。

そこは草原の広がる小高い丘だった。大自然の恩恵を受けて輝く星たちに囲まれた夜は、幻想的で何とも言えず感動する。

「すごく綺麗……」

ため息交じりに思わず本音を呟く。けれど隣に立つアーシュの反応はなかった。

「あ、流れ星だ」

星空を指さしてアーシュに視線を向けると、ただじっと黙って私を見ていた。

「何……?」

「いや、別に」

思わず首をかしげる私に、

そう言ったまま黙り込んだアーシュは、いつもと様子が違う。これじゃ、私の方が変に意識してしまう。そう思ってうつむいた私に、頭上から彼の声が聞こえた。

「この丘の先まで、少し歩かないか?」

彼の指さした箇所を見つめると、小高い丘の先には一本の大木が見えた。あの場所まで行こうということだろう。私はコクンと一つうなずいた後、歩き出した。

風が結構吹いていていて、不覚にも鼻がムズムズした。

「……ッ、くしゅん」

思わずくしゃみが出たと同時に肩に感じる重み。温かな何かに包まれたと知る。私の肩にはアーシュの上着がかかっていた。

「これ……」

「お前、そんな薄着でくるなよ。風邪ひくだろうが‼」

「でも、アーシュが寒いんじゃ……」

「いいから黙って羽織ってろよ！　俺は暑がりなんだ‼」

そう言いきって叫ぶアーシュだけど、本当に大丈夫なのかしら。私が少し戸惑っていると、急に手を掴まれた。

「あー、こうすれば、そんなに寒くないだろう」

そう言って繋がれたのは私達の手。大きな指と温かな体温を感じて、私は顔が火照った。

「ほら行くぞ」

そのまま私の手を強引に引っ張る彼だけど、歩調は決して早くない。むしろ私に合わせてくれているのだと思う。

さっきまで肌寒いとか思っていたくせに、今は顔を中心に熱くなっている。それに掴まれた手が熱くて、心臓がバクバクいっている。大丈夫かな、私、手が熱過ぎて変に思われないかな。汗までかいたらどうしよう。

変に意識していると、やがて木の下へとたどり着く。

「すごく大きな木だね」

遠くからでは暗くてよくわからなかったけれど、近くで見ると、その迫力に圧倒された。木がまるで息をしているかの様に神秘的に感じられ、その幹に手で触れた。

それを見ていたアーシュが、ゆっくりと口を開けた。

「ここは、星降る丘と言われている場所だ」

私は彼の言葉を聞き、少しの間をとった後、微笑んだ。馬車から降りた時から、何となく予想はついていた。だって、こんなにも星空が綺麗なんですもの。私は木に手を添えたまま、夜空を見上げた。

「本当に素敵な星空。これなら村で見る星空と同じぐらい綺麗よ」

私がそう言うと、彼は満足気に満面の笑みを見せる。そして私と同じ様に、木に手を添えた。

「夜空に星が瞬く日、この木に願いをかけると、それが叶うそうだ」

それは古くからある言い伝えだろうか。

「お前は何を願う？」

唐突に聞かれて一瞬悩むけれど、すぐに答えた。

「私はそうだね……。皆が仲良く、平和を願うかな」

普段は新しい調理器具が欲しいとか、自分の願いを口にしていたけれど、こんな時ぐらい、皆のために祈ってもいい様な気がして来た。

「欲がないな」

そう言ってアーシュは静かに笑った後、口を開いた。

「お前ってさ、不思議な奴だよな」

「そ、そうかな。どこが？」

「抜けている様で案外しっかりしているところや、空気を読んで周囲と上手くやっているところ。そして、自分より他を優先するところとか」

静かに呟いたアーシュは、急に顔を上げた。

「その点、俺は欲張りだ。お前と離れたくないと思うし、村に帰って欲しくない」

突然の告白に驚いて顔を上げた私と、彼の視線がぶつかり合った。

「俺、好きなんだ、お前のこと」

真正面から見つめられて、彼の口から紡がれる言葉に、呼吸することすら忘れてしまう。

「お前に会えて、初めて自分の持つ力に向き合おうと思えた。お前に出会えたのもこの魔力のおかげだと思ったら、感謝の気持ちすら湧いた。不思議だな、あんなに嫌だと思っていたのに」

「……アーシュ」

確かに最近の彼は、変わろうと努力している。最初は自分の持つ膨大な魔力から目を逸らしている様子だったけれど、実際のところ、彼には助けられた。

「もう少し側にいてくれないか。俺はお前に好意を持って欲しいと願うし、レイにも認めてもらわないといけない」

「レイちゃん？」

「ああ。少なくとも俺の一番のライバルはあいつだろう」

アーシュもレイちゃんの存在の大きさを認めているのだと思ったら、思わずクスッと笑ってしまった。強くて美しい私の親友だもの。それがとても誇らしい気持ちになる。

「そうね。……アーシュが頑張るなら、もう少し側で見ていたいって思う」

そう伝えると、アーシュははにかんだ様に微笑んだ後、私の体をそっと引き寄せた。

抱きしめられたことに、思わず息を呑んだけれど、私はそのまま彼に身を任せていた。

そして私の前髪を、彼は指でそっとかきわけた。指先が触れたことがくすぐったくて、思わず笑ってしまう。その顔を見たアーシュは、一瞬弾かれた様に目を見開いた。

「メグ……」

優しい声で名を呼ばれ、少しだけ顔を上げた。

瞳が潤んだアーシュの顔が近づいて来たと思ったら、唇に柔らかな感触があった。

夜に輝きを放つ夜輝虫が周囲に飛び上がり、淡く優しい色を灯している。

幻想的な空間に、私は酔っているのだろうか。一瞬の触れ合いの後、そっとうつむいた。

「この先、俺の側にずっといたいと、お前がそう望む様な男になることを約束する」

私は、ただ黙ってうなずいた。

その言葉を聞いた後、木の陰から、不意に人の姿が現れた。

「うぉぉぉぉ‼」

驚いた私が声を上げる前に、アーシュが叫んだ。その声を聞いた人物は、静かにため息をついた。

「殿下、せっかく格好良く決めていましたのに、その声で台無しです」

「レーディアス、お前、いつからそこにいたんだよ！」

動揺するアーシュだけど、そこは私も同意見だ。いつから見ていたの⁉

「殿下がメグさんの前髪を、かきわけた辺りでしょうか」

「おっ、お前なぁ……‼」

羞恥で赤くなって震えるアーシュに向かって、レーディアスさんが微笑する。

「私には殿下の護衛としての役目があります。それに、私以上に心配している方がいますので」

そこでレーディアスさんの背後に立つ人物に気づく。それにいち早く気づいたアーシュが声を上げた。

「なっ！　お前も、来ていたのか」

「いるわよ。ずっと二人っきりになんて、するわけないでしょ‼」

周囲に響くこの声は――。

「レイちゃん」

名を呼べば、私に向かって微笑んだ。

「メグ、夜に散歩は危険なんだからね‼　まるで狼《おおかみ》と散歩する子羊ちゃんよ‼」

「だ、誰が狼だよ！」

「あら、殿下。ご自覚があるのですね」

レイちゃんとアーシュのいつもの掛け合いが響く。それを聞いていたレーディアスさんはにっこりと微笑んだ後、アーシュに向き合った。

「しかし殿下、毎晩、枕を相手に抱きしめて練習したかいがありましたね」

「な、な、何言ってるんだよ！　おっ、お前、いつの間に俺の部屋をのぞいて見ていたんだよ‼」

いきなり焦ってそわそわし始めたアーシュに、レーディアスさんはちょっと引き気味な様子で一歩後ろへ下がった。

「……殿下、本当ですか。カマをかけてみただけですが、まさか当たるとは」

「な、な、な、何言ってんだよ、レーディアス‼」

レーディアスさんを怒鳴っているアーシュの顔は、きっと真っ赤だろう。もちろん私もだ。動揺しているアーシュと、ばっちりと目があった。

「ち、違う！　そんな目で俺を見るなよ‼」

「あら、どういう目かしら？」

そこでレイちゃんが素早くツッコむと、声を出して笑った。

星空の下、私達の談笑する声が響く。それは穏やかな時間。

そんな時私の肩に、何かが触れた。それはレイちゃんの温かい手だった。

私だけに聞こえる声で、こっそり耳打ちをした。

「ねえ、メグ。私はメグが決めたことは、例えどんな答えでも、応援するつもり」

「レイちゃん」

「だからよく考えてね」

そう言って笑うレイちゃんは、全てお見通しみたいだ。
私は夜空の星を見上げる。うん、村の星も綺麗だけど、ここで見る星も十分美しい。
大切な友人と、それとアーシュ。皆と共に見る景色だからだろうか。
私と一緒にいたいと望んでくれるアーシュと見る星空も、そう悪くないと思う。
そんな彼に、もう少しだけ付き合ってみようと思えた。

第六章【レイ】　前途多難な恋路

隣で笑うメグを見て思う。

ああ、本当にいい顔をしている。きっとメグも殿下のことが好きなんだ――。

自覚しているのか微妙なところだけどね。

「殿下、せっかくこんなに素敵な場所にいるのに、騒いじゃって雰囲気がぶち壊しだわ」

「それはお前らがいきなり現れるからだろう！」

ぎゃあぎゃあとわめきたてている殿下を放置して、まずはメグに向き合った。

「メグ、せっかくここまで連れて来てもらったんだから、もう少し先の場所まで行ってみたら？

小川が流れて、月を反射して綺麗だったわよ」

私が提案するとメグは殿下に近づき、そっと服の袖を引いた。それに気づいた殿下がやっと静かになる。そしてメグが小声で何かを言った様で、殿下は腰を折り、メグの話を聞く。

そこで優しげに微笑んだ殿下はメグを連れて、私達に背を向けて歩き出した。

やれやれ、だわ。

「あなたは、それでいいのですか？」

「ん？　何が？」

遠ざかる二人を見送っていると、ひっそりと横から聞こえて来た声に私は反応する。

「殿下がメグさんを捕まえてしまっても、構わないのですか？」

いつの間にか隣に並んでいたレーディアスに聞かれるけど、そりゃね、少し寂しい気持ちはある。

だけど――。

「私はメグが幸せなら、それでいいよ」

「――では村へは帰らないのですか」

「将来的にはわからない。けど、今すぐには無理そうじゃない？」

私はそう言うと二人の向かった方向へと視線を投げた。並んで会話をしながら歩く二人は、幸せそうに見えた。

「それは私も安心しました」

そこでなぜ彼が安堵の表情を浮かべ、明らかにホッとしているのか。

「メグが村に帰りたいって希望したら、私はどんなことをしてでも、帰るつもり。だけど、殿下の告白を聞いて、だいぶ揺らいでいるんじゃないかしら？」

「メグさんのことですし、殿下に押し切られそうな気もします」

鋭いレーディアスの読みに、私は豪快に笑った。

「悩め、悩め！　まだ時間はたくさんあるし。私はメグが決めた道を応援するよ」

「あなたの気持ちは、それで固まっているのですね」

「うん。メグを泣かせたら、殿下だろうと、何だろうと、ボッコンボッコンのギットンギットンだけどね」

「その濁音が、穏やかじゃないですね」

苦笑するレーディアスに私も笑いかけた。

私のいる場所からは、そんな二人の姿は見えない。今頃、どんな展開になっているのかしら。本当は駆け付けて側にいたいけれど、見守ることも大事だと、自分に言い聞かせた。

「こうやって多くの人に関わることができて、メグにとっていい変化を見いだせたみたいだ。……本当は少し寂しいけどね」

なぜか私は本音を漏らしてしまった後、その感情を振り払うかの様に空を見上げた。

「しかしすごい星空だね」

「星降る丘は、流れ星がよく見える場所です。恋人同士で行くと、星の恵みを受け、幸せになると言い伝えられているのです。この丘の別名は、『恋人たちの聖地』ですから」

夜の闇の中、月光を浴びてレーディアスの髪が輝いている。

「私もここは、ずっと来たかった場所です」

はっきりとそう告げた彼は唇を一度強く引き締めた後、口を開いた。

「今度はぜひ、二人で来たい」

真剣な眼差しを向けてくるレーディアスだけど、それはどういう意味？　現に今は二人っきりじゃないか。私の横に並ぶレーディアスが、静かに微笑んでいるものだから、私もつられて笑った。

穏やかな空気が流れるが、私は自分のこれからを考えるべきだ。――だけどもう、私の中では決まっている。

「さて、メグが狙われていた件も解決したし、メグもしばらくは殿下の側にいることを選んだみたいだ。後は私のやり残したことは……そうね、レーディアス」

「レイ」

彼が私の名を呼び、その顔を見ると、彼は私を見つめていた。

二人の間を穏やかな空気が包む。風が頬をなで、優しい雰囲気が包み込む中、私は素直に気持ちを口にしようと思う。

「レーディアス、今までありがとう」

「いえ、お礼を言われることなど、何もしていません」

「ううん、あの村から連れ出してくれたきっかけは、あなただから」

そう、私はあの村にずっといることが、幸せだと思っていたのだ。それは保守的な世界で、傷つくことも少ないけれど、毎日が変わらなかった。ましてや、メグが恋をするなんて、そんなこともなかったはずだ。だが今はこうやって、外の世界に触れることができた。今となっては、とてもいい変化の様に思えた。そう、メグにとっても、私にとっても――。

「レーディアスのおかげだと思うよ。だから、ありがとう」

「……っ‼」

私は素直に笑顔を向けて、再び口にした。その途端、レーディアスの頬がほのかに朱色に染まる。

そして口元に手を当て、私から視線を逸らした。

「レイ、あなたに伝えたいことがあります」

「そう、私も言いたいことがあるの」

私がそう言うとレーディアスは、視線で私の言葉を促す。先に言えということだろう。

私は穏やかな彼の表情を見つめながら、口を開いた。

「もうこれで私が、ずっとメグの側にいる必要もなくなった。少し寂しいけど、殿下も成長したみたいだしね」

そう、いつまでも過保護なままではいられない。本音はすごく寂しいけど、メグを守る人物が殿下と私の二人もいては、メグだって苦しくて息が詰まってしまうかもしれないでしょ？

ここは殿下に任せるけれど、私とメグの友情はずっと変わらないと、胸を張って誓えるわ。

「だけど、私もここに残るわ」

「レイ……」

潤んだ眼差しと共に私の名を呼んだレーディアスに、次に大事なことを伝えよう。

「ただし私は、レーディアスの部下の一人として、再スタートをきるよ。屋敷を出て騎士団の寮に入り、一から出直す」

私は頭を下げた後、スッと手を差し出した。

「だからもうレーディアスも、私を気に掛ける必要はないわ。もう十分だから。これからは一人の部下としてよろしくお願いします。――レーディアス騎士団長」

私が清々しい気持ちで、顔を真っ直ぐに上げて伝えると、レーディアスはうつむいていた。そして、その表情は苦渋に満ちていて、なぜか冴《さ》えない。さっきまでのいい感じだった雰囲気は、どこかに消え去っていた。

「あの、……どうかした？」

悔しげに唇を噛みしめている彼に驚きながらも、私はおずおずと声をかける。すると突如、彼は肩を震わせ始めた。

「え……!?　ちょっと、どうしたの？」

動揺する私とは逆に、彼は天を見上げ、いきなり笑い出した。満天の星の下、高らかに響き渡る声。

「ああ！　何て面白い!!」

その反応に私は驚いて、一歩下がってしまった。

そ、そんなに面白かったかしら。あいにくだが私には、どこがツボにはまったのか、ちっとも理解できない。笑うレーディアスに顔が引きつっていると、いきなり腕を掴まれた。

「本当に、最後の最後まで……振り回してくれる」

そして次の瞬間、物凄く強い力で、引き寄せられた。そして私の顔をのぞき込む彼の瞳には、苛《いら》立《だ》たしさが含まれていた。

「可愛さ余って憎さ100倍とは、このことだ」

「え？」

言われた言葉の意味が上手く飲み込めず、呆気にとられていた私の顎は強く摑まれた。

次の瞬間、唇に感じたのは柔らかな感触。

レーディアスの整った顔が至近距離で、私の視界に飛び込んできた。

爽快で、それでいて甘さを含む香りは、レーディアスが放つ香り。

熱い感触は彼の――。

「……ッ‼」

口づけをされているのだと理解した瞬間、私は思わず両手でレーディアスの胸を力強く押した。

一瞬で唇は離れたけれど、私は思わぬ彼の行動に混乱して、目を見開いていた。

唇に触れた柔らかい感触は、間違いなくレーディアスの唇。思考がそれにたどり着くと、瞬時に顔が火照った。思わず指先で、自身の唇に触れた。レーディアスはそんな私の仕草を見て、鼻で笑った。

「な、何を……」

「もう私は用済みだと言わんばかりの態度、そして、あっさりと背中を見せて去って行こうとする姿。憎たらしくなったのですよ」

に、憎たらしい⁉

私なりに誠意を見せたつもりでも、彼には物足りないというの⁉

「そんなあなたに、決闘を申し込みます、レイ」

「えっ、何で⁉」

突拍子もない申し出を受け、思わず声を張り上げた。

「あなたは以前、強い人を好むと言いましたね？」

「そ、それは……!!」

確かに美しい筋肉は好きだけど、それをレーディアスに言った様な言わない様な……。もう忘れたよ!!

「あなたも騎士団の立派な隊員だ。騎士団には昔から一つの習わしがあります」

「ど、どんな!?」

「騎士団に入隊した者には、騎士同士の決闘が許されています。日頃から気に喰わない同僚に決闘を申し込み、返り討ちにされた例もあります。女関係で揉《も》めた挙句、決闘により決着をつけた例も」

「だ、だから!?」

それが私とレーディアスの決闘に、何が関係あるの!?

「交換条件です」

「へ？」

首をひねり、思わず間抜けな声を出して、聞き返してしまう。

「あなたが勝てば、私はあなたの望みを何でも聞きましょう。物をねだるでもよし、地位の向上でもいいです。その代り、私が勝てば、あなたは私の望みを聞いて下さい」

「でも!!」

いきなりそんなことを言われたって!!

そもそも私の技術で勝てるのだろうか。相手は騎士団長様、様じゃないか!! いくら私が周囲の人たちから反射神経、運動神経の良さを褒められていたとしても、所詮はその程度だ。

レーディアスの剣さばきは見たことがないけれど、伊達《だて》に騎士団長を名乗ってはいないだろう。

「もちろん、ハンデはあります。私は利き腕は使いません。そしてあなたは、魔力を使うのも許可します。全力でかかって来て下さい」

「それは……！」

「試したくはないですか？ あなたのその力が、どこまで通用するのか」

私は言葉に詰まった。

レーディアスは、こう言えば、私のやる気が出るのを知っている。さらに――。

「準備費用として1000ペニー払いましょう」

「のった!!」

あ、やばい。マネーと聞いたら、つい条件反射で口先が動いた。

それに、冷静になってくると、私の脳内にはふつふつと怒りが湧いてきた。

それはレーディアスが先程私にした行為について、だ。いきなり口づけだなんて、いったい何をしてくれるんだ。

ファ、ファーストキスを返しやがれ～～～!!

その瞬間、私は力強くうなずいた。そして拳をギュッと力強く、握りしめた。

「受けて立ってやろうじゃないの、レーディアス!! 私が勝って、さっきの件を謝罪してもらうから！　罰として私の拳を決めてやる。みごと勝利した暁には、私が騎士団を束ねてやるわ‼」

何だか条件が多いけれど、これぐらい言ってもいいだろう。

そうだ、私ごときに負けるぐらいなら、騎士団だって束ねてはいられないでしょうに‼

「いいでしょう、全て呑みますよ」

私が言い出した条件をあっさり了解するところが、格下に見られている証拠で腹がたつ。

腕を組み、薄ら寒いオーラを出すレーディアスだけど、そっちが怒るのは筋違いだろう！　この場合、唇を奪われた私にその権利があると思うのだけど‼

まったく何よ、そのふてぶてしくも余裕な態度は。今までの優しさが、全部覆された様な気分だ。

「では、いつにしますか？」

「いつでもいいわよ！」

何なら今すぐにでも、反撃したい気分。彼がこんなことをするなんて、思いもよらなかった。

「そうですか。では十日後にしましょう」

「わかったわ！」

私はその条件を受けてたつと、声を張り上げた。

「それまでに首を洗って待っていろ、レーディアス‼　私は唇洗って待ってるわ‼」

そう告げると不機嫌に彩られたレーディアスの顔が、ピクリと歪んだ。

「……楽しみにしていますよ」

捨て台詞を吐いたレーディアスは背中を見せて、荒い足音をたて歩き出した。

不機嫌な彼の後ろ姿を、怒り心頭の私はずっと見ていた。

そのままレーディアスは、乗って来た馬車の前で待っていたけれど、誰が一緒に乗るもんか！

帰りは頼み込んで、殿下とメグと一緒の馬車に乗せてもらった。

「お前、何でレーディアスと別なんだ？　喧嘩でもしたのか？」

しつこくそう聞いてくる殿下は、本当のことを教えるまで、あきらめないだろう。私は折れて、レーディアスと決闘することになったと告げる。

「ちょっと、レイちゃん、何でそんなことになってるの‼」

メグに報告すると予想通り、騒ぎ始めた。

本当は事後報告にしようかと思っていたけれど、ばれたら怖いメグさんですから、それはやめた。また泣かれたら対処に困るのは私だし。

「頑張るわ‼」

私は力強く拳を振り上げて、メグに誓った。

「って、そういう問題じゃないよ‼」

メグは呆れながらも心配そうな声を出し、怒っている。

「レーディアスさんも何を考えているのかしら‼　もっとこう直球にいかないとダメなのに！　回りくどい手や、雰囲気で察するなんて器用なことできないレイちゃんなのに、まったくもって、わかっていない‼　下手に場数を踏んでいるからこそ、難しく考え過ぎている。レイちゃんみたいに真っ直ぐで、単純思考の扱い方がわからないなんて！　レイちゃんは駆け引きなんてできなくて、すぐに顔に出る、猪突猛進《ちょとつもうしん》タイプなのに!!」

「おーい、何げに私への苦情になっていませんかー」

メグは私の代わりに怒っていると思ったが、私への不満へとスライドしている気がする。何でだ。

「まあ、そんなことだから、あまり心配しないで」

「心配しない方が無理だよ!!」

だよねー。メグの言うことは、もっともだ。

「まあ、無理はしないからさ」

「何でこうなっているのかしら……」

「うん、まあ、そこは双方の譲れない想いがあるんだよ」

主にファーストキスの恨みだけどね！　だがしかし、言葉を濁して伝える。いくら何でもこれを口にするのは恥ずかしいと思えた。私の表情を見たメグは、何かを感づいたらしく、しばらくすると大人しくなった。

「……ケガだけはしないでね、レイちゃん」

「うん、大丈夫。何とか、レーディアスを倒せる様頑張るよ」

メグが心配そうに見ているので、私も静かに見つめ返した。

「約束よ。絶対勝とうと思って、無理はしないでね」

「うん。ダメだと思ったら、一度は引くよ。仕切り直してまた後日、戦いを挑む!!」

「勝つまでやるつもりなの!?」

メグの呆れた様な声を聞くけれど、当たり前だ。万が一負けたのなら、勝つまで挑んでやる。唇を奪われた恨みは忘れないのだ。

「しっかし、あのレーディアスを振り回すなんてなぁ。何だか面白そうなことになってるな‼」

その隣から、高らかな声が聞こえる。やけに表情が生き生きとしている殿下が憎たらしい。

「あいにくですが、振り回されているのは私でしょう」

「そうか？　レーディアスの方が、よっぽど余裕がない様に見えるが」

ここ最近のレーディアスの行動が謎過ぎて、こっちはため息もつきたくなるっていうのに、所詮他人事《ひとごと》なのね、殿下めぇ……。

「まあ、決闘は観戦しに行くからな。これ以上、面白い見せ場はないだろう？　思う存分、ぶつかりあえ！」

面白そうにけしかける殿下の口を、今すぐ縫ってやりたい。やっぱりメグを任せようと思ったのは、考え直した方がいいかしら。

「……アーシュ」

その時、馬車の片隅からメグの低い声が聞こえる。

「私はレイちゃんを本気で心配しているのに、よくそんなことが言えるわね」

「い、いや、これは言葉のあやでな……」

「ひどい、アーシュは私の気持ちなんて、全然わかってない」

「あ、つまりだな……！」

しどろもどろになってきた殿下に向かって、私は心の中で舌を出した。

「では、私は仮眠を取りまーす。お二人とも、どうぞご自由に～」

「おい‼　寝たふりをやめろ‼」

焦った声を出す殿下は、メグと目を合わせず、私に縋《すが》る様な視線を向ける。

何だかんだで、メグも自己主張できる様になったみたいだ。殿下の隣にいるメグは自然体で、私はそれに安心した。なので殿下への説教はメグに任せよう。それが一番有効的だ。

殿下が焦って弁解する声を聞きながらも、私はそのまま瞼を閉じた。


「よう、お前！　何やらかしたんだよ！」

数日後、訓練の合間に休憩所で体を休めていると、快活な声がかかった。

私が騎士団の中で一番気が合う友人、それがマルクスだった。ごつい見かけとは裏腹に、なかなか気のいい奴で、私のことを対等に扱ってくれるから、付き合うのは楽だった。

「聞かないで、マルクス。それよりも、皆が知っている方が、私には驚きだわ」

そう、レーディアスとの決闘の件は、なぜかあっと言う間に広まっていた。

顔を会わせるたびに、いろんな人に声をかけられて、いい加減私だってうんざりくる。

私は休憩所の机に突っ伏した。

「今が旬な話題だぜ！　賭けも始まってる。それが騎士団長とお前だと、皆が騎士団長に賭けてしまって、賭けにならん‼」

そのまま豪快に笑うマルクスの声を聞いた途端、私は顔をガバッと上げて叫んだ。

「ひどい、マルクス！　友達だと思っていたのに!!」

「はは！　じゃあ、俺はお前に賭けてやるか。しょうがねぇな」

「やるからには勝つッ!!」

「よっしゃ、その意気だ！　せいぜい儲からせてくれよ、頼むぜ」

マルクスはそのごつい手で、私の背中を気合一発、ぶっ叩いた。ぐぇっと声を出せば、マルクスが「あ~悪ぃな」なんて言うけれど、口から内臓が飛び出たら、どうしてくれるんだ。しかし――。

「本当に、何でこんなことになったのか……」

私は再度ぐったりと、机に突っ伏した。

「公開処刑だな。だが大丈夫、骨は拾ってやるぜ、レイ!!」

「何が大丈夫だぁぁぁぁ！　祝いの宴の方を用意しておきなさいよね!!」

豪快に笑うマルクスは、私の頭をガシガシとなでた。

「けどよ、ハンデもらったんだろう？　じゃあ、練習、練習。策を練っておけよ!!」

「もうここまできたら、頑張るしかないわ」

頭をなでられながらも、顔を上げると、周囲がざわついた雰囲気になっていた。それと同時に、ふと視線を感じる。その先に顔を向けると、休憩所の入口には一人の人物が立っていた。

――レーディアスだ。

彼が腕を組んで仁王立ちをして、瞳を細めてこっちを見ていた。

噂の渦中の彼の出現に驚いたけれど、フンッとばかりに大袈裟《げさ》に顔を背けた。今の私とあなたは敵同士。それに、先日の件を謝罪されるまで、口を利いてなんてやるもんですか。

私がレーディアスの視線を無視して立ち上がると、マルクスも彼に気づいたみたいだ。

「おっと、騎士団長様のご登場だ」

「行こう、マルクス」

そして私は訓練用の剣を手に持つ。もう休憩は終わりだ。

そのままレーディアスの立つ入口とは別の扉から、休憩所を抜け出した。

それを見ていたマルクスが、慌てて私の後を追って来た。

「ちょ、ちょっと待て。いいのか？　レイ」

「何が？」

「騎士団長、お前に話があったんじゃないのか？」

「知らない。呼ばれてないし。私じゃないんじゃない？」

素っ気なく答えるが、本当に呼ばれていないし、思い当たることなどない。

「だいたい、下級騎士のいるあの休憩所にくることが、おかしいからな。それに、明らかにお前と話している俺を見て、顔つきが変わったぞ」

「あっ、そう」

私は興味がないと言わんばかりに、ぶっきらぼうに答える。

「そう、ってお前なぁ。もしかして騎士団長ってお前に……いや、まさかな」

「何よ？」

意味深な台詞を吐いたマルクスに足を止めて向き合えば、彼は肩をすくめた。

「いや、騎士団長の趣味は、俺には理解できないってことさ」

「何、それ？」

「相当なじゃじゃ馬で、苦労するだろうな。……いや、すでにしているだろうな」

そしてそのまま、気の毒そうに呟いたマルクスを連れて、訓練場へ向かった。

「いくよ、マルクス！」

「おー！　負けた方が、夕飯おごりな」

それを合図に私とマルクスとで真剣勝負が始まる。

力じゃ男のマルクスには到底敵わない。だけど私には魔力がある。小細工を加えながらも、マルクス相手に剣を振るう。

魔力を込めて、剣をふるっている時が、余計なことを考えなくて済む。汗を流すのも私は好きだ。

それに本当はちょっとだけ、決闘をワクワクと楽しみにしている私がいる。

だってレーディアスと手合せできるだなんて、滅多にない経験だ。それにこの短期間で、どこまで自分の力がついたのか、試してみたい気持ちもあるし。

レーディアスが何にそんなに怒っていたのか不明だけど、ちゃんと理由を聞かねば、私は絶対納得しない。いきなり口づけされたら、心を許して付き合うことは難しいわ。私はそう考えながらも、訓練に没頭して汗を流した。

そして訓練からの帰りに、メグの部屋に顔を出す。

「あれ、メグ？」

部屋は空で、どうやら外出中らしい。あきらめて戻ろうと踵を返し、庭に面した回廊を歩いていると、庭園を歩いているメグを見かけた。それも一人じゃない、隣を殿下が歩いていた。メグは柔らかい表情で、楽しそうに見える。そして殿下の方はというと、視線をチラチラとメグに送り、さっきから手の位置がそわそわして、定まらない。きっと手を繋ぎたいのだろう。側で見ているとバレバレだ。

少しの間をおいた後、勇気を出した殿下がメグの手を取ると、はにかんだような眼差しを殿下に向けたメグ。

私はしばらく二人の散歩を、回廊の片隅から大人しく見守っていた。

やがて二人が離れたところを見計らって、私はメグに向かって駆け寄った。

「お帰り」

「わっ‼　レイちゃん、いつからそこに⁉」

驚いたメグは声を出すけれど、

「うん、二人が手を繋ぐ前からずっと見ていたよ。仲良しじゃないの」

「そんなことないわ」

「このー！　何だか羨ましいから、たまには私とも散歩しなさい！」

そうよ、ヤキモチ焼いちゃうじゃない！　殿下ばっかりズルいわよ。私のメグだったんだからね。

そう言いながらメグを再び、庭園へと連れ出した。

「しっかし、メグも殿下と仲良しだね」

「そ、そうかな」

「うん。見ているとわかるよ。徐々に心を開いているのがね。けど最近の殿下も、上手く魔力をコントロールしているみたいじゃない。セバスさんも喜んでいたわ」

「うん、もう少し制御できる様になれば、装飾品も一つ外せるんだって」

その顔はどこか誇らしげで、メグ本人も嬉しそう。

「確かに最初に出会った時より、魔力が上手く抑えられている。それに訓練も真面目にしているって聞いたし、悔しいけど男っぷりを上げたな」

「レイちゃんからもそう見える？」

顔をパッと輝かせたメグを見て、私は少しだけ悔しい。

「何か、殿下といい雰囲気じゃない～。庭園で見つめ合ってないでよねー」

「ち、違うよ！　そんなんじゃないよ」

メグと村にいた頃は、たまにこうやって恋愛の話もしていたなぁ。

「レイちゃんこそ、どうなの？」

「そんな、私のことなんて、見てればわかるでしょ。何にもないよ」

いきなり私に話題を振ってくるけれど、残念ながら甘い話はなしだ。

「そう思っているのは、案外レイちゃんだけかもしれないよ？」

様子をうかがって顔をのぞき込んでくるメグの顔を見つめて瞬きをした後、脳裏に浮かんだ一つの可能性。

「まさか、マルクスが私に惚《ほ》れてるとか？」

カッと目を見開いて叫んでしまった。

「マルクスさんって、レイちゃんの新しいお友達でしょ？」

「ないない！　優しいから『私に惚れてるんでしょ～』と冗談で言ったら、『俺が好きなのは大人しい女性だから』なんて素で言うんだよ。失礼しちゃうわよね。そもそも私だって異性として見てないわ」

「じゃあ、もっと身近にいるんじゃないの？」

「いないわよ、きっと」

メグがため息を一つつくと、呟いた。

「……まったく、回りくどいアプローチしてるから、こうなっているんだわ、きっと」

「ん？　何か言った？」

よく聞き取れなくてたずねると、メグが曖昧に笑って首を横に振った。

「だけどレイちゃんは、好きになったら絶対、一途だよね」

「そうかなぁ。想像つかないな」

「惜しみなく愛情を注ぐと思うよ。レイちゃんは恋愛ごとに鈍いけど、一度火がつくと純粋に相手を想うタイプだと思う。それこそ相手を裏切ることなんて考えないぐらい、夢中になると思うよ。

だって、健太《けんた》のことは、あれだけ大事にしていたじゃない」

懐かしい名前がメグの口から出て来たので、思わず頬がほころぶ。

「ああ、健太ね。もう三年も経つけれど、彼のことは一生忘れないわ。健太は私の大事な――」

会話の途中で、誰かが動く気配と足音が聞こえた。

メグが何かに気づいた様に、視線を向ける。私も思わず振り返った。

そこにいたのは、何やら渋い顔をしているレーディアスだった。

「レーディアスさん」

メグが声をかけたのに、何かを考え込んでいるのか、無言のままだ。

「どうしたのですか？」

そこで再度メグが彼にたずねると、やっと我に返った様子で口を開いた。

「私は、殿下を探しに来たのですが――」

そこから先は、むっつりと押し黙ってしまった彼に、メグが伝えた。

「ああ、アーシュなら、先程戻りましたよ。きっと行き違いになったのですね」

「……そうですか」

笑顔で答えるメグとは違い、心なしか表情が硬い。そんな彼を見つめていると、新緑色の瞳と目があった。何かを言いたげに唇は動いたけれど、言葉を発することはなかった。

そしてふいと視線を逸らされた。

「失礼しました」

深々と頭を下げた後、この場を去っていくレーディアス。私達はその背中を見送った。

「レーディアスさん、何だか暗かったね」

「疲れているんじゃない？」

「そうかな？　私とレイちゃんの話が、聞こえちゃったんじゃないかしら？」

メグは心なしか含み笑いを見せた後、腰に手を当て強い口調で言葉を発した。

「まったく。大事な親友のことだから、私だって余計なお節介も焼きたくなる。なりふり構わず手に入れようとするぐらいじゃなければ、レイちゃんは任せられないわ」

強気で言い放つメグは咳払いをすると、次に声真似をした。

「『相手のためにどれだけプライドを捨てられるか。それが恋というもの』」

「それヘボン村の村長の台詞じゃない！　しかも似てるし‼」

久々に村長の名言を聞いて、すごく懐かしくて、メグと二人で声を出して笑った。

「村長はああ見えて、若かりし頃の武勇伝をいろいろ語ってくれたからね。何だか懐かしいね」

「そうだね、レイちゃん。皆元気かしら？」

私とメグは沈みかけた夕日を見ながら、その場でしばらく語りあった。

「じゃあ、もういくね、メグ」

「うん、また明日」

その後は部屋までメグを見送って、挨拶をして私達は別れた。

一日の訓練の後は、体も疲れてヘロヘロだ。特にマルクスの剣は力強くて重いから、体力も消耗する。だが疲れた体に鞭《むち》打って、次に私が向かうのは屋敷の裏手の広い庭。

ここは誰も来ないので、自主練習の場に最適だ。レーディアスとの決闘では、魔力の使用が認められたけれど、周囲を巻き込むわけにはいかない。

それを心配していたら、そこは何と、殿下が直々に結界を張ってくれるそうだ。

あの殿下のことだ。張り切って見にくるに違いない。

もちろんメグもくるだろう。だったらなおさら、変な場面は見せられない。全力でぶつかる姿を見せるのみだ。

「――レイ」

気合を入れて剣を振っていた私の背後から、声が聞こえた。それが誰の声か解ってしまい、私は剣を振る手を止めた。

「……レーディアス」

私は少し険しい顔をしてしまう。なぜならあの口づけ以来、こうやって二人っきりになるのは初めてだった。

「こんなところで、自主練ですか」

私は何も答えずに、剣を下ろした。

「いつから見ていたの？」

「先程から、ずっと」

それは気づかなかった。さすが騎士団長、気配を消すのがうまい。見抜けなかった私は少し悔しいと感じる。

「レーディアスは余裕だね」

こっちは決闘を前にして、必死で頑張っているのに、レーディアスが剣を振っている姿は見ていない。それほど私など、余裕な相手だと思っているのだろうか。

それが私の闘争心に火をつける。そんなレーディアスに一泡吹かせてやりたいわ。

「余裕など、全然ないですよ」

だがしかし、予想に反してレーディアスは、意味深なため息をついた。そして私に近づき前に立つ。

そっと私の手を取ると、眉をひそめた。

「あなたの手は、こんな短期間でも豆だらけだ」

「ああ、そうだね。硬くなったね」

手の平に豆ができて、潰れては硬くなり、その繰り返しでここまできた。

だがそれも私の訓練の賜物《たまもの》だと胸を張って言える。だがなぜか、レーディアスは痛々しげな視線を送っていた。

「なぜ、そこまで頑張れるのですか」

「そう聞かれても……。単に負けず嫌いの性格だからかな」

「そうですか」

「うん、どうせやるなら勝ちたいでしょう。レーディアスは？」

彼は騎士団長というその立場まで、どうやってたどり着いたのか、ふと不思議に思った。

「私は生まれてから記憶にあるまで、自分が何かに強く固執したことがありませんでした。騎士団長という立場も、ただ何となく気づいたらこの位置にいた、その程度の感覚でした」

「それはまた、嫌味なタイプだねー」

私はあっさりと言い放った。

特に努力せずとも上手にこなせる天才肌っていうの？　レーディアスはまさに才能に恵まれているのだろう。

「ですが、ここにきて初めて『固執する』という感覚を知りました」

急に熱っぽい視線を投げてくるレーディアスに、いささか首をかしげた。

「そう？　それは良かったね」

つい本音を口にすれば、レーディアスが目を瞬かせた。

「夢中になれることがあるということは、生きてて楽しいでしょ？」

そう、何でもそつなくこなせることも素晴らしいけれど、目的があってそれに向かって努力して、苦労した挙句に目標までたどり着いた時のあの達成感は、何とも言えない。そこに至るまでの経験も、人生の糧になると思うんだ。

私がそう思える様になった一つに、学生時代のことがある。

その頃の私は剣道に、のめり込んでいた。もう来る日も来る日も剣道一本で、明け暮れていた。

正直、練習が辛くてやめたいと思ったこともあった。だけど、目標だった大会で優勝が決まった時は、師匠と抱き合って号泣したものだ。

道のりが険しかった分、たどり着いた瞬間は最高だった。

例えたどり着けなくても、そこに至るまで必死に努力したことは無駄じゃないと思う。

勝つことも目的だけど『決して最後まであきらめない』という精神も鍛えられたから。

時に味わう挫折もまた、必要なことだと今だから考えられる。

「――ええ、本当にそうですね」

レーディアスは私の言葉に耳を傾けた後、静かにうなずいた。だが次に、勢いよく顔を上げた。

その瞳は真剣さを帯びていた。

「ですが、私は絶対に負けません。あなたに勝たせて頂きます」

「そうきたか！」

レーディアスの宣戦布告に、私は自然と笑みが浮かんだ。

「私だって、絶対に負けないからね‼」

やばい、何だかワクワクしてきた。全力でぶつかるって、いつ以来だろう。頬の筋肉がつい、緩んでしまう。

「負けられないという気持ちもありますが、同時に心配にもなります」

「何を？」

そう問う私の頭上に、レーディアスは手の平をポンと置いた。

「あまり無理はしない様に」

「……ッ！」

動揺して固まる私の頭に触れたまま、レーディアスはため息をついた。

「決闘前に体を壊すことがあれば、不戦勝で私の勝ちにします」

「こ、壊さないから‼」

レーディアスは優しげな笑みを浮かべる。彼の言うことはもっともだと思って、少しバツが悪い。

下を向いていると、頭上から声が降る。

「あなたは、ケン……」

「ケン……？」

それっきり押し黙ったレーディアスが何を考えているのかわからなくて、首をかしげる。

「いえ、今それを確認したところで、私の心臓が耐えられそうもないので、やめておきます」

「へ？」

「――では、私は先に戻ります」

それだけを言うとレーディアスは、踵を返した。

私はその背中を無言で見送ったが、何だか、どこか元気がない様に見える。

いつも通りなんだけど、少し違和感があった。寂しそうな目をしていた。メグも言ってたけど、もしかして疲れているのかもしれない。

あまり表には見せないけど、騎士団長って大変そうな役職だしな。帰宅だっていつも遅いし、深夜まで部屋の明かりはついている。ちゃんと寝てるのかな？

そこで私はハッと気づく。

あ、そう言えばレーディアスに怒っていたんだった。つい忘れて普通に話してしまったな。

……まあ、いっか。いつまでもギスギスして怒っているよりも、このモヤモヤした気持ちを決闘当日、本人にぶつければいいんだしな。

そのまま自主練習を続けた私だけれど、レーディアスの寂しげな瞳が、なぜだか脳裏をちらついていた。


そしてついに迎えた決闘当日は、雲一つない晴天だ。

私は緊張からか、通常より早い時間に目を覚ました。顔を洗い、いつもの場所で軽く朝練習をしていると、マルクスが私を迎えに来た。付添人が一人つくということで、私は彼にお願いしていたのだ。

「いよいよ今日だな。よく眠れたか？」

「おかげでばっちりよ。マルクス、今日はよろしくね」

私は改めて彼にお願いすると、そこで軽くマルクスと手合せしてから、決闘が行われる闘技場へと向かった。

「な、何でこんなに観客の数が多いの……？」

闘技場は丸いドーム形状になっているが、驚くことにほぼ満席で人に埋め尽くされていた。

賭けをしているとは聞いていたけど、この人数は多過ぎじゃないか!?　私は目を丸くする。

「うん？　アーシュレイド殿下が、どうせなら公式にして、見物料を取れ、って形にしたらしいぞ」

「……あんの、殿下めぇ‼」

王子のくせに守銭奴だなんて‼　いい性格しているじゃない‼

「何割か寄越す様に、今のうちに、決めておかなければ！」

「そこかよ‼」

マルクスが呆れてツッコミを入れた。

「何言ってるの、大事なことよ‼　これはぜひ、決闘前に交渉しなければ！　殿下を探しに行ってくるわ‼」

「おい、待て――」

マルクスの止める声も無視して踵を返した瞬間、反対側の柱の陰から姿を現した人物を見て、足を止めた。

「レーディアス……」

相手も私に気づいた様で、視線をスッと投げた。心なしか視線が鋭く、戦う前から闘争心丸出しだ。それに気づいた私はゴクリと喉を鳴らした。

「いよいよ今日ね」

「………」

声をかけた私をチラと見るが、不機嫌なオーラを出した彼は、返事もしない。

私は正直ムッときた。だって、いくら戦う相手だといっても、その態度はないんじゃないの？

挨拶ぐらいしなさいよ！

私はついこらえきれずに文句を言おうとした。

「あのねぇ……!!」

「――また、あの男ですか」

呟かれた言葉の意味がわからない。私は首をかしげたまま、彼の視線の先を追う。見れば付添人のマルクスが、レーディアスの視線を受け、表情は青白く固まっていた。

「ああ、マルクスね。彼は私の付添人よ！」

「……付添人ですか」

意味深に言葉を吐き捨てたレーディアスは、よりいっそう鋭い視線をマルクスに投げた。

「マルクス、先に控え室に戻っててくれる？」

たまらず私はマルクスにこの場を去る様にお願いをすると、マルクスがそそくさと去った。彼がいなくなったので、安心してレーディアスに向き合う。

「いつも思うのですが、仲が良過ぎませんか」

「まあ、気が合う相手だからね」

だって私を女扱いしないし、対等に接してくれる。大事な異性の友人だ。

「それはそうとレーディアス、殿下を知らない？」

「いえ。まだここへはいらしてません」

そっか、残念。まだ来ていないのか。それじゃあ、しょうがない。交渉は後からだわ。

私は一人で納得すると、レーディアスに向き合った。

「まあ、今日はよろしくね、負けないから‼」

時間も限られている。私はスッと手を差し出すと、レーディアスがその手を取る。そして握りしめた。

ふとした拍子、例えばこんな時に感じる。やっぱりレーディアスは男の人なんだなぁ、って。女性と見間違えるぐらい綺麗な顔立ちだけど、私の手を掴んでいる彼は、男性の手そのものだ。大きくて包み込まれる感触が、どこかくすぐったい。

少しだけ照れて笑った途端、その手をギュッと力強く握られた。

「私も負けません」

そう宣言したレーディアスの瞳は、真剣な色を宿していた。

「そうこなくっちゃね！　じゃあね！」

そう言って微笑み、走り去ろうとしたけれど、レーディアスは私の顔を見つめたまま、手を離そうとはしない。

横に振ってみても、上下にゆすっても、離れる気配がないのだ。不思議に思って彼の顔を見つめると、いまだに真剣な表情で私を見つめている。

「こんなか細い手ですが、私は容赦しません。勝利して、必ず手に入れます」

そう宣言した後、ゆっくりと手が離された。その仕草はまるで、名残惜しいと感じている様な錯覚を覚えた。

「じゃあね」

だけども私はそれを振り払う。一瞬だけ何かを言いかけたレーディアスに背中を見せて、私はそのまま走り去った。

「レイ‼」

「マルクス、お待たせ」

控え室として与えられた一室に入ると、先に待機していたマルクスが駆け寄って来た。

「あー何か、ごめんね。騎士団長が不機嫌なのに、巻き添え食らってしまって」

思うにレーディアスも決闘前で気が高ぶっていたのだろう。彼に代わって私がやんわりと謝ると、マルクスが首を横に振った。

「いや、あの目はどう見ても、巻き添えじゃなくて、俺個人を狙ってだと思うわ」

マルクスがぶつぶつ呟いている。

「マルクスも不満があるのなら、騎士団長に決闘申し込んでみれば？」

「は⁉　バカか、お前は‼　これ幸いとばかりに、騎士団長は俺の命を散らすに決まっているだろうが‼」

真面目な顔をして叫ぶマルクスに、優しく肩を叩き、声をかける。

「大丈夫よ、マルクス」

そして私は静かに微笑んだ。

「骨は拾ってあげるから！」

「全然大丈夫じゃねぇだろ――!!」

ひとしきり笑った後、私は立ちあがる。今の笑いで、少しは体の緊張が抜けた。後はリラックスして、日々の訓練の成果を出すのみだ。

「さあ、行こう!!」

そうして私とマルクスは連れだって、決戦の場へと向かった。


闘技場の中へ進むと、土の感触が足につく。

ついにここでレーディアスと――。

緊張もしていたけれど、この胸の高ぶりは、どう伝えたらいいのだろう。ああ、全身の神経が張り巡らされて、体が高揚してくる。

闘いの場は私の出現により、観客たちが沸くけれど、その声すら耳に届かない。

そして向かい側、ちょうど私から対極の入り口から出現した人物を見て、私は喉をゴクリと鳴らした。

レーディアスだ。

今まで私には見せたことがない表情と、身にまとう雰囲気は威圧感を放っていた。

その表情を見て、彼もやる気だと察した。

観客席を見ると、特別席らしい高い位置に殿下がいた。その隣には心配そうに祈るポーズをとっている、メグの姿が視界に入る。

私は全身から魔力があふれ出てくるのを感じる。勝負前の高揚感からか、抑えることが難しくなっている。

どちらともなく、視線を交わすのみで、言葉など必要ない。

付添人たちは去り、私とレーディスのみが残された。

無言で剣を構え、視線を投げた。彼もそれを受け、剣を構えた後、静かにうなずいた。

始まりの合図に言葉などは必要なく、私は一度目をつぶって深呼吸をすると、目をカッと見開く。

駆けだした足は、彼を目がけて一直線に向かった。

「行くよ、レーディアス‼」

その言葉を合図に、闘いが開始されたのだった。

真正面から剣を繰り出すと、レーディアスは易々《やすやす》とそれを受け止める。それも涼しい顔をしているものだから、悔しい思いをする。なぎ払われ、力で押され、私は後退する。

まずは小さく魔力を刃先に込めて飛ばせども、それを剣によって受け止められ、払われる。私は反動で後方へと飛びのいた。

こっちは余裕なんてないっていうのに、冷静に対処してくる相手が憎たらしい。私の剣さばきは、すべて見切っているのだろう。

汗の一つもかいていないじゃない。それが悔しくて腹立たしくて、そして――楽しい！

私の剣は軽い。力じゃ敵わない。では、速さでは？　脇腹めがけ、剣を繰り出すけれど、たやすく受け止められる。

突きを繰りだせば、ひらりと身軽にかわされる。

くー！　いい反射神経しているなぁ！

思わず唸《うな》ってしまうけれど、いけない、いけない。見とれている暇はない。

だけど、そうこなくっちゃ!!　こっちだって全力でかかっていくからね!!

全力でぶつかっていけることに、心の中では狂喜していた。

興奮状態になり、私の体内で暴走寸前の魔力を剣の先から放出する。

だがしかし、それは私の予想よりもはるかに小さい炎だった。内心あれっと思い、拍子抜けした。

おかしい。

魔力を放出しているのに、なぜか勢いが半減している。ちゃんとコントロールできているはずなのに。

「まさか……!!」

ハッと気づいて顔を上げる。それを見たレーディアスは、静かに微笑んだ。

「そのまさかです」

しかも私の読みが当たっているなんて、さ、最悪じゃない！

「レーディアス、ずっるーい!!」

思わず叫んでしまう。そう、レーディアスの剣、それは――。

「私の魔力を吸っているでしょう!?」

彼の手にする剣、それは相手の魔力を吸収し、自分の力へと変える厄介な剣だ。その証拠にほら、レーディアスの持つ剣に意識を集中してみれば、私の魔力の匂いがする。上手くかすめ取っている！

「あなたの魔力は膨大です。しかも興奮した状態での威力は、皆の予想をはるかに超えるでしょう」

レーディアスの言うことは一理ある。万が一、魔力の塊が観客席まで飛んで行ったら大変だ。周囲に迷惑をかけるよりは、賢明な判断なのかしら。でもピンチになると、どうして人って燃えるんだろうね？　何でだろうね？

この状況で勝てたなら、私ってば天才じゃない？

「よーし！　天才かどうか、判決が下るってわけね」

魔力吸収の剣なら、私が魔力によって与える威力は半減する。だけどレーディアスの剣を持つ手は利き手とは逆だ。ならば、力任せにいってみるしかないし！

真正面から切り込むけれど、簡単に受け止められた。やはり、ここは力の差。

真っ向勝負を挑んでは、力では負けてしまう。そして魔力も半減ときた。では、後はどうやって？

考え込んでいるとその隙をついて、レーディアスの剣が私を狙う。

遅れを取った私は、一瞬だけ避けるのが遅れた。そしてその剣は最悪なことに、私の左肩をかすめた。

「……ぐっ！」

一瞬、息が止まりそうになり、顔を歪めた。

いくら決闘用の切れない剣だとはいえ、打たれたら結構痛い。いや、結構どころか、かなりの痛みだ。だが次の瞬間、レーディアスの瞳が大きく見開かれた。

そして苦痛に歪んでいた。――それも私以上に。

あれ、おかしいな。私の攻撃は当たっていないはずだ、残念ながら。

なぜ、そんなに苦しそうな顔をしているの？

私は打たれた左肩が痺れる。やばいな、これ。結構ジンジンくるよ。

やはり実践経験の差だ。それに悔しいことに、息が上がって来た。体力切れが心配になる。じゃあ、もう、あれだ――。

今出せる魔力を全放出して、真正面から切りかかるのみだ。

心の中で気合を入れて、両手で剣を持ちなおす。

まったく隙のない相手。だけど私の強みはこの魔力。例え半減しているとはいえ、これを使わない手はないだろう。

次の一撃で決める――。

迷っている暇はない。徐々に動きのスピードも落ちて来ている。体力切れの前に、一気に片をつける！

そう意気込んで、切りかかった。剣の先から炎の魔力を噴出させれば、相手が一瞬怯んだのが見てとれた。

やった！　レーディアスの無表情が崩れた。ここは一気に攻めるのみ。

隙を見つけたことで、私は勝負に出た。

「これで決まれ!!」

気合一発、かけ声と共に、渾身《こんしん》の力で振り下ろした剣。

その時、レーディアスの剣先から、凄まじい炎の渦が噴出した。それが、私目がけて向かってくる。

驚きで息を呑むと同時に、剣を持つ手が緩んでしまう。

相手はその隙を見逃さなかった。

しまった……!

一瞬の行動の遅れを感じた次の瞬間、金属と金属の擦れ合う激しい音が鳴り響いた。腕に強烈な痺れを感じる。

それと共に、両手が何かから解き放たれ、軽くなった。

それはレーディアスによって私の剣が、振り払われた瞬間だった。

ああ――――!!

私の手から弾かれた剣。それを目で追い、地に落ちたのを確認すると、私は瞼を閉じた。

――負けた。

あれは、私の魔力を吸ってできた炎だ。いつも私が練習相手に出す幻覚の炎だ。触っても熱くはないと知っているが、こんな状況だと忘れてしまう。よりによって、いつもの自分の作戦に引っかかるだなんて、すごく惨めな気持ちがこみ上げる。

相手が同じ方法を使わないと、勝手に決め込んでいた私は、なんて思い込みだろうか。その過信が負けへと繋がったのだ。

私は潔く負けを認めると、唇をぎゅっと噛み締めた。血が出るほどの強さを加えたが、今は気にならない。

体勢を崩して尻もちをつくと、そのまま地面に寝転がった。息が荒い私は、私を見下ろすレーディアスの顔を見つめた。

「――参りました」

口に出して認めた瞬間、周囲からは歓声が湧きあがる。

ああ、負けた、負けた‼　悔しいけど認めるしかないわ‼

「くっそ――‼」

やっぱり強いわ、レーディアス。伊達に騎士団長の名を掲げてはいないね。

利き手と逆でさえ、負けてしまうんだから、利き手だったら、ここまで引き伸ばすことさえ不可能だ。しかし、勝負には負けてしまったけれど、どこか清々しい気分だ。

精一杯戦ったので疲れを感じていたが、とりあえず上半身だけを起こした。

息が荒く、体のところどころが痛むので、すぐに立ち上がることはできない。髪も体も汗と土にまみれてぐちゃぐちゃだ。

するとレーディアスが片膝を地面につき、私と視線を合わせる。

「こんなにボロボロになって……」

痛ましそうな目を向けてくるけれど、勝負とは、こんなもんでしょ？

「いい女でしょう？」

おどけた口調で、私はちょっと笑って言う。

そんな私に向けるレーディアスの表情は、どこか硬い。

「ケガは？　肩の痛みは？」

「ん、これぐらいなら大丈夫」

私がそう告げると、レーディアスは安心したかの様に、盛大なため息をついた。

本当は少し痛かったけれど、何だか彼の鬼気迫る表情を見て、そう答えるしかなかったのだ。後で冷やせば大丈夫だし。

「本当はもっと早く決着をつけるつもりでした。だが、予想以上にレイが強かったので、手こずりました。痛い思いをさせました。すみません」

「別にいいよ」

あっさりと答えると、レーディアスはどこかホッとした様な表情を浮かべた。

「ではレイ。約束通り、私の望みを聞いて下さい」

え？　今この場で言うの？

いつになく真剣な様子のレーディアスに口を挟むこともできずに、呼吸を整えながら、ただ見つめた。

彼の新緑色の瞳から、その真剣さが伝わってくる。

これから伝えることは、きっと真面目な話だ。少なくともふざけて聞く話ではないと、そう思えた。

強い意思がうかがえるその瞳にとらえられたまま、私はうなずく。

薄い唇が一度だけきつく結ばれた後、レーディアスは静かに口を開いた。

「レイ、私を一人の男として見て欲しい」

「…………………は？」

あれ？　何か、私の耳おかしい？　明らかな聞き間違いをした様な気がする。

眉間に皺を寄せ、首をかしげてレーディアスを見ると、彼は唇を噛んだ。

「私はあなたが好きです」

「…………」

告げられた台詞に返す言葉はなかった。それだけ、予想外の出来事だったのだ。

そんな私に相手はなおも続ける。

「結婚を前提とした、私との未来を考えて欲しい」

私は瞬きを一度だけすると、返せる言葉は一つだけだった。

「…………マジですか」

思わずそう問えば、そこにいるレーディアスは、ただ静かにコクンとうなずいた。

しかもいつも落ち着いていて表情を崩さない彼が、ほんのりと頬を赤く染めていた。

「ど……」

どうしてそうなっているの⁉　それにいつから⁉

そんな思いがぐるぐると脳内を駆け巡るけれど、言葉にすることはできなかった。

呆けていた私に向かってレーディアスは、一瞬だけ何かを躊躇《ちゅうちょ》する様な表情を見せ、視線を逸らした。

だが次にまた、顔を上げ、意を決した様に口を開いた。

「それに……私は『ケンタ』という相手に嫉妬します」

「健太？　なぜここでその名前が出てくるの？　そもそも知ってるの⁉」

私はその名前がレーディアスの口から出て来たことに、すごく驚いた。

「ええ。以前、メグさんとお二人で話しているのが聞こえてしまったのです」

悔しげに唇を噛むレーディアスだけど、どうしてその反応⁉

「そりゃ健太は長い時間を共に過ごした、私の大切な――」

「やめて下さい！」

私の言葉を鋭く遮ったレーディアスの顔は、苦渋に満ちていた。

「あなたの口から、その名すら聞きたくない‼」

激しい感情を見せたレーディアスはそう言い放つと、スッと立ち上がる。その顔は忌々しげに歪んでいる。

「あなたの屈託のない笑顔が、素性もわからぬケンタなどという輩《やから》に向けられていたかと思うと、私の心はかき乱され、どれだけ悩んだことか！　挙句、夜も眠れずに――‼」

「ちょっ、……ちょっと‼」

激しく健太を糾弾してくるレーディアスの様子に戸惑いつつも、私はそれを片手で制した。

「ま、まずは落ち着け、レーディアス」

私は焦りながらも口を開いた。

「えっと、とりあえず……健太は犬だけど？」

「………………」

健太とは、私がこっちの世界に飛ばされるちょっと前に、老衰で亡くなった飼い犬だ。家で子犬の頃から飼っていて、散歩に行くのも私の役目。私が家に帰ってくると、喜んで出迎えてくれた可愛い犬。大好きな私の親友であり、家族だったのだ。

それを告げた瞬間、レーディアスが瞬きを繰り返した後、急に潤んだ眼差しを私に向けてくる。

「ああ、良かった……!!」

そう言いながら、素早い動きで私を捕まえると、そのままギュッと強く抱きしめた。ちょっ、苦しいってば!!

私が彼の胸の中で、もがいていることに気づいた彼は、しばらくするとその拘束から私を解き放つ。

そのままレーディアスは私の腕を取り、引き寄せたかと思うと、私の唇を奪った。

「!!」

急に感じた唇の柔らかさに驚いて、逃げようにも頭を押えられ、逃げられない。

そして激しく、私を貪るかの様に、深く侵入してくるレーディアス。

周囲から湧き起こる盛大な歓声に、私は何が何だかわからずに、混乱する。

レーディアスの胸を押してみても、びくともしない。何とか顔を横に背けてみても、執拗に追ってくるレーディアス。

気が付けば私は、右手に魔力を込めていた。

「この……。いい加減にしろ――!!」

そう叫んだ次の瞬間、盛大なアッパーを、レーディアスの顎にくらわせていた。

それは狙い通りに決まり、油断していたレーディアスは綺麗な弧を描き、遥か彼方へと飛んで行った。

そして大きな音をたてて、地面に墜落する姿が見てとれた。

「では、決着がついた。皆は持ち場に戻れ!!」

そこですかさず、殿下の声が周囲に響き渡った。

声に笑いが含まれているのは、決して気のせいではないだろう。

興奮冷めやらぬ場内だったけれども、その一言により、皆が解散し始める。

なまぬるい視線を四方八方から浴びていると感じた私は、顔を上にあげることができなかった。

私の脳内は興奮と動揺で乱れている。そんな私に声がかかる。

「レイちゃん!!」

「メグ!!」

私に急いで走り寄ってくるメグを見て、我に返る。

「レイちゃんが生きてて良かったよー‼」

叫んだ瞬間、まるで子供みたいに泣きじゃくり始めたメグに、こっちが動揺する。

「大丈夫！　無事だから！」

「だ、だって……！　いくらレイちゃんが強いとはいえ、あんなに本気になって戦うだなんて、ケガでもするんじゃないかと、滅茶苦茶心配したじゃない‼」

レーディアスは利き手じゃなかったし、それに相手が本気で力を出していたら、私の肩の骨は彼によって粉砕されていたと思う。ここは悲しき力の差だと思う。

興奮して涙目のメグの頭を、落ち着かせようと思ってなでた。しばらくすると、幾分落ち着きを取り戻したメグが口を開いた。

「けど、結果的には勝利じゃないかな」

「どういうこと？」

「だってほら、綺麗な弧を描いて飛んで行ったし……」

そういってメグがチラリと視線を向けた先を見れば、レーディアスは倒れ込んだ地面で、まだ横になって空を見上げていた。

「あのレーディアスさんが公衆の面前で求愛するなんて……。それは暗に、レイちゃんに他の男を寄せ付けないための牽制もあると思う。自分のプライドを捨ててまで求愛するだなんて、きっと必死なんだろうな。そう思ったら、ちょっと笑えて来ちゃった」

あ、そう言われればレーディアス、私のことを好きだって……。

しかしまたもや強引な口づけ！　それも皆の前で‼

私はそれを思い出すと恥ずかしくて、一人で悶《もだ》え、その場にしゃがみ込んだ。

そんな私の頭に、そっと触れてくる何かを感じて顔を上げると、そこにいたのは先程私が吹っ飛ばしたはずのレーディアスだった。

てか、いつの間に起き上がったんだ⁉

「レイ、急いで肩を冷やします。行きましょう」

「い、いい‼　後から自分でやるから‼」

「その答えは聞き入れません」

そう言うやいなや、レーディアスはいきなりしゃがみ込み、私の膝裏に腕を入れた。

視線がぐらついたと感じた瞬間、横抱きにされたと気づいた。

まさかこの状態は、お姫様抱っこ……‼

「は、離して、レーディアス！」

「離しません」

私の体を支える大きな手が、より一層強く、ギュッとしまる。

「ひ、ひぃやぁ〜〜〜」

予想もしなかった事態に、私自身が変な声を上げてしまう。

「レイ、暴れないで下さい」

「む、無理に決まってるでしょう‼」

そうして私は彼の腕から逃れようと暴れていると、側にいたメグと目があった。

「レイちゃん、大人しく運んでもらったら？　早く冷やさないと大変だしね」

「メグ‼」

まさかのメグの裏切り！

だがそこで私が大人しくなるわけもなく、暴れている私を押さえ付けながらも、レーディアスは軽々と運んで行った。

レーディアスが向かった先は、医務室だった。そこには初老の男性の医師が一人いて、いきなり飛び込んで来た私達に驚いた様子だった。

「左肩を負傷している」

医師に向かってそう告げると、やっと私を床に下ろしたレーディアス。彼は、私が今まで見たことがないぐらい焦っていた。私を丸い椅子に座らせると、レーディアスはいったん部屋から出た。

動かすと多少痛いけれど、問題ないだろう。そう思いながらも、医師と二人になった私はシャツを脱ぎ、肩を出した。

赤くなっていたその部分を見て、まずは冷やす様に言った医師の指示通り、私は氷水で冷やした。しばらくそうした後、シャツを着てお礼を言う。医師は廊下で待っていたレーディアスを部屋に招いた。

「骨などに異常はないので、数日すれば腫れは引くでしょう」

医師がそう告げるとレーディアスは明らかにホッとした様だった。そのまま言葉をいくつか交わすと、医師は部屋から出て行った。

「だから大丈夫だって言ったじゃない。レーディアスってば大袈裟だな」

私が笑って彼を見上げると、目があった。

「――レイ」

名を呼ばれてドキッとする。

二人っきりになって、私は重大なことを思い出した。そうだった、先程私は公開告白をされたんだった。

き、気まずい……。

そもそもレーディアスが私に好意を持っていたとは、全然気づいていなかった。

いやいや、でもでも、だからっていきなり口づけはないわー。ありゃ引くわー。

よし、ここはいつもと変わらぬ態度で接するべし!!

意を決した私は普通に接しようと試みた。

「あっ、あの、あのさ、レ、レーディアス」

めちゃくちゃ噛んだぁぁぁぁ――!!

「……」

少しの間があった後、レーディアスは窓辺へと移動した。そのまま窓の外に視線を投げた。距離が離れたことに、私は心のどこかでホッとした。

しばらくすると、ゆっくりと私に顔を向けた。相変らず整った顔をしているが、少しだけ眉間に皺が寄っている。

「困らせるつもりはなかったのですが……」

いいや、おかげさまで私、めちゃくちゃ動揺していますけど‼

「どうか、普通に接して下さい」

どこか切なげに訴える彼の表情を見て、私はうなずいた。

そうだ、ここで私が彼を意識し過ぎてはいけない。私は努めて明るい声を出した。

「しかし、レーディアス強いね、さすが」

レーディアスの瞳を見つめ、私は力強く語った。

「騎士団を束ねているだけあるわ。今回の件で、どれだけ自分がうぬぼれていたのか、よくわかったわ」

そう、力じゃ到底敵わないと実感した。私ももっと訓練しないとな。自主練習の時間を増やすか。

そう心の中で検討していると、低い声が聞こえた。

「返事を聞きたい」

「え？」

「言ったはずです。私を一人の男として見て欲しいと」

真剣に見つめられ、それまで決闘について熱く考えていた私は、我に返る。

「私はあなたの視界に入りたかった。決闘などという強引な手段を使ったのも、そのためです。力を見せて惹き付けなければ、私には興味も持たないでしょう」

レーディアスが若干、自嘲気味にそう語る。

「あなたが好きなのは、体を動かすこと。甘い焼き菓子も好んで食べていると、屋敷の者から聞いています。そして、とても好きなのは、メグさん。――レイが好むものの中に、私も入れて頂けませんか」

「ええ……っと」

部屋に漂い始めた甘い空気に私はうろたえる。困惑する私に、なおもレーディアスはたたみかける。

「考えられませんか、私とでは」

「そ、そういうことではなくて……」

体を乗り出し、距離を詰めてくるレーディアス。近くなる距離に、私は動揺する。

「あなた相手に回りくどい手は通用しない。だからそのまま伝えます、何度でも」

「な、何を？」

つい腰が引けてしまうのは、レーディアスが放つ雰囲気、それが部屋中に広がっている気がする。

何ていうか砂糖にピンクに、とっても甘々なイメージ。

私にとって得意ではない雰囲気。慣れないし、あまり縁のない空気に、混乱して変な汗をかいてくる。

「――好きです」

そらきた‼

得意じゃないムードな上に、私をもっとも混乱させる言葉だよ、これは‼

思わず瞳をさまよわせてしまう。本音を言えば、笑って何とかこの場から逃げたい。

だが、レーディアスの様子は真剣で、とてもじゃないけど冗談でかわせる雰囲気ではない。

「言いたいことを言い、裏表がなく、自分の感情を素直に口に出す。だけど、周りにも気を遣える人だ。そうかと思えば、危なっかしいあなたを見て、ハラハラするし、活動的で行動が読めない。どこにいても気になるし、同じぐらい自分のことを考えて欲しいと願う私がいます」

レーディアスが珍しいことに、頬を赤く染めている。その様子を見て、彼が勇気を振り絞って告白しているのだと感じた。ここは笑って誤魔化してはダメだ。

「自分でも驚いています、私がこんな感情を持つことに。それこそ最初こそ戸惑いましたが、レイのことを想っているのだと認めた時、すごく心が楽になりました」

「……レーディアス」

「そこで、あなたの気持ちを知りたいのです」

いつも冷静なレーディアスだけど、本当はすごく緊張しているのだろう。だって、瞬きを繰り返しながらも、私の一挙一動に集中している。

「私は――」

意を決して顔を上げると、レーディアスの表情が一瞬弾かれた。まるで何かに脅えている様で、私は少し笑ってしまう。

「本音を言えば、すごく驚いた。けれど、正直嬉しいとも思う」

人から好かれて嫌だと思う人は、いないんじゃないでしょうか。これは本心だ。

「だけどレーディアスは知らないと思うけど、私、意外に嫉妬深い性格で、不誠実な人は嫌いだわ」

レーディアスは女性に人気があるという話だけど、私は私だけを見てくれる人がいいの。

まずはそこからだと思い、はっきりと告げた。

「嫉妬深いと言えば、私の方が十分嫉妬深い」

「え？」

一瞬にして険しい顔つきに変わったレーディアスは、思わぬことを口にした。

「あのマルクスという男は何なのですか？　いつもあなたの側にいて、時には付添人になって……。

挙句の果てには誰の断りもなく、あなたの頭をなでまわし、楽しそうに会話をして。あなたはあの男が好きなのですか？」

目を細めて薄ら寒い微笑を浮かべるレーディアスに、私は必死に弁解する。

「そ、そんな、マルクスは友達だよ。男だとか、意識したことない。だけど、気が合うから仲良くはして行きたいと思っている」

「……では、次の人事でマルクスに、西のカルーダ地方へ行ってもらいましょう」

ちょっと、待ったぁぁぁ!!　それ、職権乱用だよ!?

すぐにそれは冗談ですが、と付け加えたレーディアスだったけれど、まったく笑えない。

「メグさんを守るためと言いつつ、あなたは騎士団に入ると同時に、とても楽しそうで。まるで私のことは眼中にないという態度で、毎日充実して過ごしていましたね」

「だ、だってそれは強くなりたいからで……。それにレーディアスにこれ以上迷惑はかけられないと思って……」

「すごく生き生きとしたあなたとは逆に、私の方は置いて行かれた様な複雑な気持ちになっていました。……それに、知っていますか？」

「な、何を？」

レーディアスの苦々しい表情を見て、本当は尋ねちゃいけない気がする。だけど聞かずにいられない。

「あなたが入隊して、騎士団の士気が驚くほど上がっています。こっそり手紙などを書いて渡そうとしている奴らもいましてね、あなたに届く前に、すべて没収です」

初めて聞かされた事実に、私は数秒間、口を開けて固まった。

それに何より驚いたのが――。

「……レーディアス」

「何でしょう？」

「イメージが、違うんですけど……」

冷静で、頭の切れる美麗なる騎士団長様は、どこ行ったー!!

「そうですね、この変化に、自分でもすごく驚いています。だけど、私はなぜか幸せです。それに直球じゃなければ、あなたに響かない。今後は、グイグイいかせてもらいますから、覚悟して下さい」

「え……ええ⁉」

「もう色々吹っ切れたのです」

これ以上、押せ押せでくるっていうの？　思わず逃げ腰になる私に、レーディアスは笑顔を見せた。

「だから、早く私で決めて下さい」

「そ、そう言われましても……」

何、このまさかのキャラチェンジ。いろいろ吹っ切れ過ぎでしょ！

「いきなりそんな告白も、心がついて行かないし、まだ知らないこともあるし……」

「私は最初からレイに興味があったのですが、あなたは私に対して、全然でしたものね」

にっこりと微笑むレーディアスだけど、なぜか微妙に責められている気持ちになる。

「いいでしょう、私という人柄を知ってもらうために、期間を設けましょう。その間は、食事を共にし、眠る前は話をしましょう。そして休みの日は共に行動し、何をお互いが好むのか、そうやって少しずつ仲を深めて行きましょう」

「は、ははは……」

やけにぐいぐい押してくるレーディアスに、乾いた笑いしか出て来ない。

「何なら、部屋を共にしても構いません」

「お断りします」

さらっと言ったけど、レーディアス、あなたねぇ！　やっぱり要注意だ、むっつりエロ疑惑！

そして、そこ、隠れて舌打ちするな!!

「いいでしょう。これからまだ、時間は長い。メグさんが殿下の側にいる以上、レイもここから離れないでしょうし。本当、あの二人には仲睦《むつ》まじくしていて欲しいものです」

「……」

あれ、何だか私、外堀埋められてないか?

だが、私も思うところがある——。

「まあ、私もレーディアスのことは嫌いじゃない。むしろ好意は持っているよ」

彼はどちらかといえば細マッチョで、私の好む筋肉ムキムキとは少し違うけれども、十分強いし!!

「だけど一番大事なのはメグ。これは変わらない。レーディアスのことが異性の好きに変わるかどうかは、これからのレーディアス次第」

正直に伝えた瞬間、レーディアスの指が、私の頬にそっと添えられた。

「……レイ」

私の顎を少し待ちあげたと思ったら、瞳を潤ませたレーディアスの顔が近づいてくる。

甘い吐息が頬にかかったと感じた瞬間、私は唇に柔らかな感触を受ける。

驚いて体が硬直していると、私が了解していると判断したのか、柔らかい感触が唇から侵入してくる。

私の知らない感覚が背筋を走ってゾワッときた瞬間、我に返って叫んだ。

「だけど勝手にするな――!!」

レーディアスが整った顔を横に背けて、小さく舌打ちしたのを、私は見逃さなかった。

まったく、油断も隙もありゃしない!!

真っ赤になって騒ぎ始めた私に、

「あまりにもレイが可愛らしかったので、つい」

しれっと言うレーディアスの爽やかな笑顔が憎たらしい。

このまま流されるわけにはいかない。そう判断した私はレーディアスの腕の囲いから必死に逃げ出そうとするも、離れない。それどころか、引っ付いてくる。

「ち、近いから！　離れて」

「今後、勝手に口づけをしないと誓うので、抱きしめるぐらいは好きにさせて下さい。それぐらいいいでしょう」

「で、でもっ……!」

「私を男として見て欲しい。そう言ったはずです」

私の耳元でささやく、レーディアスのキャラチェンジが恐ろしい。

「ダ、ダメ!!　私から了解を得ないとダメだから!!」

「では、了解を下さい」

ああ言えばこう言うレーディアスは、かなり手ごわい。こうなればもう――。

「さて！　私はメグのところに行こう!!」

逃げるが勝ちと言わんばかりに立ち上がった。

「では、私もご一緒しましょう」

しかし相手もひるまない。

「いい！　一人で行く！」

「私も殿下に用事があるので」

そう言うと、すかさず私の腰に手を回し、ついでに手を握りしめるレーディアスは、本当に女の扱いに長《た》けている。

それがちょっと面白くなくて、つい言ってしまった。

「レーディアスってば、やっぱり慣れてるね」

回された腕に視線を投げた後、レーディアスを見れば、彼は息を呑んだ。

「そんなに可愛く嫉妬されてしまうと、私の自制心がなくなってしまう」

余計な発言は控えるべきだ。レーディアスの色気のある表情を見て、そう心に誓う。

引っ付いてくるレーディアスを何とかまいて、足早に部屋から出ようと扉に向かえば、声がかかった。

「レイ、私はあなたとの勝負ならいつでも受けましょう」

それを聞いた途端、ピタリと足を止める。そして背後にいるレーディアスに顔を向ける。

「本当に？」

ゆっくりとうなずく彼は微笑んでいる。

「本当に、本当に何度でも？」

「ええ。レイが私を追いかけてくるのなら、それも喜びです」

再度確認するが、何度挑戦してもいいらしい。ならば――。

「じゃあ、勝つまでやるっ‼」

今に見ていなさいよ、レーディアス。その余裕気な顔を、いつか歪ませてやるからね。

私の次なる目標が、決まった瞬間だった。


「勝負よ、レーディアス」

それからの日々、私は勢いよく扉を開け、レーディアスの部屋に顔を出す様になった。レーディアスはそんな私を見て、にこやかに笑うと、持っているペンを机に置いた。

そして練習用の剣を片手に、立ち上がった。

「いつでも受けて立ちますが、私が勝ったら、膝枕してもらいますから」

「……くっ‼　いいわ」

そうよ、負けず嫌いの私は、レーディアスに勝つまで勝負を挑んでやる。

今では十日、いや、五日に一度は戦いを挑んでいる。

「今回こそは、絶対勝つ‼」

意気込む私にレーディアスは、

「本当の勝負では、とっくにあなたに負けていますよ」

いつもそう言って笑う。そして次に大きなため息を落とす。

「レイが私に勝った時点で、もう私は用無しとみなされそうです。そして次なる相手を求めて、私の元から飛び出す様な気がしてなりません」

「それは考え過ぎだって!!」

いつからかレーディアスは、こんな後ろ向きな言葉を吐く様になった。

「ですから私は負けられません。もっと強くあらねばなりません」

「そんなこと言ったって、今でも負け知らずじゃない！」

そう、いまのところ私の完敗。彼が本気を出せば、私は到底敵わない。

それが腹が立つほど悔しくて、時折叫びたくなる、だけどちょっと楽しい――。

「では、レイ。このまま私が連勝を続けたら、次なる段階へと進んでもいいでしょうか？」

「次なる段階……？」

レーディアスの言葉に首をかしげる私。彼は、見た人誰もがうっとりと蕩《とろ》ける様な極上の笑みを浮かべた。

「ええ、毎朝、手を繋いで庭園を散歩するという特権です」

「断る!!」

即答で返事をすると、

「それは、自信がないということですね」

「くっ……!!　じゃあ、受けてたつわ！」

ここで引いては、自信がないと認めている様で、悔しいじゃない。それに連勝記録に私がストップかければいいだけだしね！

「次に勝つのは私だから！」

「私の方こそ、負けられません。――あなたを逃すわけにはいきませんから」

指を突き付け、私の高らかな宣言を聞いたレーディアスは、すごく嬉しそうな顔で笑った。

＊＊＊

「ミランダさん、こっちは虫よけネット張りましたよ」

「ありがとう。じゃあ、少し休憩しましょうかしらね、メグさん」

私は早朝から、王妃様――ミランダさんの温室に籠り、ガーデニングを楽しんでいた。

二人で大きなエプロンを着用して、土をいじる。それがここ最近の日課でもある。

愛情を込めた分だけ育ってくれるハーブたちは、見ているだけでとても癒される。

王都に来てまで、こんな土いじりをする機会があるだなんて、嬉しくてたまらない。

しかもミランダさんは機嫌良く作業する私に、温室の一角のスペースを自由に使っていいと言ってくれたのだ。もちろん喜んで借りて、私好みの花やハーブを栽培し、今に至っている。

「考えたのですけど、今度街の市場へ出荷してみませんか？　こんなにたくさんあるし、世間にハーブの良さを知ってもらいたいですよね」

「それもいいわね。今度誰かに聞いてみるわ」

楽しい計画を口にしていた私達の耳に、鍵の開く音が聞こえた。そして粗野とも思える足音が聞こえてくる。

「メグ、またここにいたのか！」

「アーシュ。今日の訓練は？」

「休憩時間だ」

こうやって温室にいると、必ずと言っていいほど、アーシュがやってくる。他愛もない会話をしていると、ミランダさんが咳払いをした。

「あらあら。息子の目には、私は映っていないのかしら？」

「そ、そんなことはッ……!!」

そう言われた途端、真っ赤になってうろたえるアーシュを見て、声を出して笑うミランダさん。

「じゃあ、私は先に作業に戻るからね。メグさんとお話しした後は、あなたも頑張るのよ、アーシュ」

ミランダさんはそう告げると、温室の奥の方へと移動した。

「お前、最近母上とばっかり仲良しだな」

そんな私に、アーシュは少し面白くなさそうに呟く。まるで子供の様に口を尖らせる彼を見て、私はクスリと笑って告げた。

「あのね、ミランダさんがハーブを好んで植える理由を知ってる？」

「……いや？」

首を横に振った彼を見て、私はたまらず教えてあげた。

「ハーブには、人の心を癒す作用があるの。だから、少しでもアーシュの心が落ち着く様にと願ってハーブ栽培を始めたんだって。毎朝、アーシュが飲んでいるハーブティーは、ミランダさんお手製よ」

「……知らなかった」

そう、これはこっそりミランダさんが私に教えてくれたこと。

『破壊の王子』と異名をつけられるほど、感情が激しくて魔力の制御ができなかった息子に、何とかできることはないかと考えた一つが、ハーブで心を少しでも鎮めようという策だった。

周囲からは、くだらない、意味のない、と言われたこともあったけれど、彼女はやめなかったらしい。

そして結局のところ、ハーブ栽培にはまってしまった。けれどこのハーブの温室は、いわばミランダさんの親心だ。

こっそりそう告げると、アーシュは少し照れた様に鼻先をかいた。

そしてポツリと呟いた。

「昔な、それこそ『体にいいから食べなさい』と言われて出された母上の手料理が、いろんな葉っぱがごちゃ混ぜになった一品でな、あれは料理と言える代物じゃなかった」

「……」

「何かの隠し味なんてもんじゃなくてな、あれは薬の料理だ。その味がお互いを主張しあって、見事な破壊力だった。母上の目には、俺が虫に見えているんじゃないかと、疑ったほどだ」

そういえばミランダさんが、以前言っていた。

『料理は苦手なの』って――。

だが、破壊の王子に破壊の料理。シャレにならない強さだわ。

「それ以来、料理で出されることはなくなったが、俺の部屋には常にハーブが飾られているな。その効果だけじゃないとは思うが、俺は最近、魔力の暴走をしないし、物も破壊していない」

そう言って自身の手を強く握りしめたアーシュは、強い決意を秘めている様に見えた。

人にはそれぞれ得意とすることがあるけれど、もちろん苦手なことだってある。だけど欠点を長所に変えることができたのなら、それは素晴らしいことだと思う。

「母上のハーブもそうだが、何より俺は、お前に出会った時から、風向きが変わって来た気がする」

アーシュがいきなりそんなことを言いだしたので、頬が真っ赤になって熱い。

この人は時折、こっちが赤くなる様なことを平気で口にする。

「俺はもう、破壊の王子と、呼ばれることのない様努力する。この力を守るべき力に変える。俺は自分の持つ力から逃げない」

彼は今までの自分とは変わろうとしている。それはとてもいい変化の兆しだと思う。

「そう。じゃあ、まずはね――」

目の前に立つ彼に、私は微笑みかける。出会った時より、少し大人びて見えるのは気のせいではないだろう。

「火打石を作らないとね、たくさん」

「またそれかよ‼　お前それ、好きだな」

そう言った後、アーシュと私は、声を出して笑った。彼も機嫌がいいみたいだ。

私は、ずっと彼に伝えたかったことがある。それを言うなら、今だ。

「あのね、お願いがあるのだけど――」

不思議そうに首をかしげたアーシュの顔を見て、私は素直に口にした。

エピローグ【メグ】　ヘボン村への帰還

今日はレイちゃんとヘボン村に帰って来た。

「村長、これお土産。それに村の皆にも」

そう言ってレイちゃんは大きな袋を村長の目の前に、ずいと差し出した。中に入っているのは大量の火打石。そして村長の頭には、レイちゃんからのお土産の、ラビラの帽子がフィットしていた。

「村長、その帽子、似合っているよ」

「そうかの」

「うん。寂しい頭皮も隠せるし‼」

またレイちゃんてば、口が悪いんだから。それをにこにこと笑って受け止めている村長は、口には出さずとも、私達に会えて喜んでくれている。

「じゃー、村長！　しばらく村に滞在するからよろしくね！　村の皆にも後で挨拶にまわるわ」

「おお、皆喜ぶじゃろう」

挨拶をした後、すぐに私達は家へ戻る。私が掃除をしている間、レイちゃんは畑へ収穫しに行くことになった。

「人が住んでいない間も、埃ってたまるなぁ」

私はひとり言を呟くと早速、家の窓を全部開け、換気する。湿った空気の家の中に、新しい風が入り込む。

家の裏手にある井戸から水を汲み、部屋の中を拭き掃除する。それから私は晴れた空の下、シーツを干す。お日様の下、適度な風が吹き、あっと言う間に洗濯物が乾くだろう。

忙しく動き回っていると、レイちゃんが畑から帰って来た。

「ただいまメグ、収穫あったよー‼ 甘酸っぱいパルムの実！ これ食べて、ちょっと休憩しようよー！」

「うん、こっちも洗濯が終わったから、ちょっとお茶でも飲もうか」

そうしてレイちゃんお手製の火打石をかまどに投げ入れると、あっと言う間に火がついた。お湯を沸かしお茶を入れると、木製の椅子に腰かけ、パルムの実を口にする。

「ああ、やっぱり、この場所がすっごく落ち着くね」

「うん、レイちゃん、私もそう思う」

レーディアスさんに連れられて王都へ行った私達だけど、今日は村に帰って来ていた。

久しぶりに村長や村の皆の顔が見たかったし、何よりこの場所がすごく落ち着くのだ。

「だけど殿下も、メグがここにくるのを、よく許してくれたよね」

「うん、最初は渋っていたけど、お願いしたら許可をくれたよ」

「甘々じゃない。貴重な転移石を簡単にくれちゃって。まぁ、おかげで簡単に、ここに戻って来れるんだけどね」

転移石という魔力が込められた石を使うと、一瞬で移動できる。それを使って、村へ戻って来ているのだ。その石は高価な物だって、後から人づてに聞いた。

「その転移石だけど、アーシュにお願いしたら、たくさん作ってくれたよ」

そう、私がアーシュに『荷物もあるし、お世話になった人に挨拶もしたいし、一度は村に帰りたい』と言ったら、最初は渋い顔を見せた。どうやら村に戻ったまま、王都へ帰って来ない心配をしているらしかった。

その反応に気落ちして、シュンとしていたら、ある日いきなりアーシュが、『これやる。いつでも作ってやるから、好きな時に帰っていいぞ。ただし、必ず帰って来いよ』そう条件を付けた後、大量の転移石をくれた。つまり許可が出たのだ。

「出たよ、この天然小悪魔ちゃん。いけいけ、その調子で、殿下を操ってしまえ」

声を出して豪快に笑うレイちゃんだけど、私の方も聞きたいことがある。

「レイちゃんはレーディアスさんとどうなの？」

「そ、そうだね、まあ、ぼちぼち」

レイちゃんは、あまり自分からレーディアスさんについて話さない。だけどその反応を見ていると、まんざらでもないと思うんだ。レーディアスさんの猛アタックを受けていると、もっぱらの評判だし。

「でも、レーディアスさんこそ、よく許してくれたね。ここにくること」

「ん、大丈夫」

レイちゃんと離れることを嫌がるかと思ったけれど、どうやら違うらしい。レーディアスさんも、レイちゃんの自由を認めているみたいだ。

「レーディアスに、言ってないから」

ケロッと爆弾発言をしたレイちゃんに、口に含んだお茶を思わず噴き出しそうになった。

「だ、大丈夫なの？」

「大丈夫、大丈夫。彼に言った方が大変になるから」

私の不安を悟ったレイちゃんが口を開いた。

「だって、余計なことを言うと『私といるより村の方が楽しいですか？』とか『もしや村に好きな人でもいるのですか？』とか、うるさいんだもん。この村に好きな人って、誰のことを言っているのかしら。もしかして村長との関係を疑っているの？　これらの点を踏まえて、レーディアスには言っていない、以上‼」

そう言いきったレイちゃんに、私の方が不安になる。

「心配してるんじゃない？」

「大丈夫、メモは残して来た」

「な、何て……？」

堂々と言い張るレイちゃんだけど、逆に私は胸中がざわつく。

「『出かけます。ついて来ないで。そして探さないで』そう、簡潔に書いて来た」

嫌な予感が的中した！

「レ、レイちゃーん！　それは今頃必死になって、レイちゃんを探していると思うよ」

「大丈夫。私が出かけるなら、ここしかないと知ってるよ」

まあ、それはそうなんだけどさ……。

その矢先、外で物音がした。そして人の気配を感じる。レイちゃんもそれに気づいたらしく、大きくため息をついた。

「思ったより、早かったわね」

そう言いながら、外へ続く扉へと手をかけた。それを開いた先にいたのは、美麗な顔を歪めて立つレーディアスさんだった。

「レイ……。探しましたよ」

眉根を寄せて、苦渋の表情を浮かべるレーディアスさんは、最初に出会った時よりも、ずいぶん感情を表に出す様になった。それもレイちゃんの影響なのかもしれない。

「早っ!!　もう来たの？」

「早くありません。まったく、なぜこうも心配かけますか」

「だって、言ったら言ったで、うるさいし」

「しかもいきなり手紙一つでいなくなるなんて、心配だからやめて下さい。きちんと顔を見てから行って下さい」

レーディアスさんの剣幕にレイちゃんは怯みもしない。それどころか呆れた様にため息をつく。

「もー、心配症だな。そんなに小さなことで悩んでると、将来村長みたいな頭になるよ」

そう言い合いしながらも、レーディアスさんはレイちゃんに会えて、あきらかにホッとして幸せそうだ。

レイちゃんを大好きだという感情が、彼の態度からあふれでている。

もうちょっと前までは、それでも隠していた様だけど、いまでは完全に吹っ切れたみたいだ。

周囲に隠すことなく、堂々とアピールしている。稀代《きだい》のモテ男様は、レイちゃんを溺愛しているのだ。

そんな二人をこっそり観察する。

ああ、レーディアスさんに、レイちゃんをお願いしちゃっても、いいのかな。

彼ならきっと嫌だと言われても、レイちゃんを守るだろう。

この村に来てずっと一緒だったレイちゃん。何をするにも二人で、お互いが一番大切な存在だった。

だけど、他にも大切な存在が増えても構わないよね。それはそれで幸せなことだよね。

ちょっぴり寂しいけれど、私がレイちゃんに向ける気持ちは変わらない。もちろんレイちゃんから、私に向けられる感情も変わらないだろう。それは無条件にそう思えた。

一人で感慨に浸っていると、

「おい！　メグ‼」

扉の外から聞こえた声に、驚いて振り返る。

「アーシュ!?　どうしたの？」

なぜ彼までここにいるのだろう。私はレイちゃんと違って、ちゃんと行先を告げてから来たのに。

彼は部屋に入ると、私の疑問を感じ取った様で口を開いた。

「レーディアスがレイがいないって騒ぐからな、転移石を一つやったんだよ」

「じゃあ、アーシュはどうしたの？　私がここにくることは、ちゃんと言ったでしょう？」

「そっ、それはレーディアスが心配だって言うからだなぁ、俺もしょうがないからついて来てやったんだよ」

どこか歯切れの悪いアーシュに向かって、レーディアスさんが振り返る。

「殿下はこの村に、来たくて来たくてしょうがなかったのですよ。それなのに一向にご招待を受けないので、拗《す》ねていらしたのです。今回は私についてくるという名目で、やっとここに来られたわけです」

「そこ！　余計な解説いらないから！」

アーシュが真っ赤になって、レーディアスさんに叫んでいる。

私とレイちゃんの二人だと、そこそこ広く感じたこの部屋の空間も、男二人が増えただけで、手狭に感じる。そう感じた私は一つ提案を出した。

「じゃあ、今日は天気もいいし、皆で外でお茶しようか？」

「いいね、メグ。風も気持ちいいし。賛成」

そうして私達は外に敷物を広げる。

晴れた空の下、皆でお茶を囲む。お茶の葉っぱは、一年前に畑で採れたリィボナの葉。乾燥させて瓶に詰めておいたのがあって、助かった。

温かいお茶を飲みながら、自然の大地が広がる周囲をのんびりと見渡す。

広大な敷地に、緑が広がる、私達の楽園ともいえるこの場所。

ほら、鶏のコケ子と牛のモーモーも、外に放牧されて、太陽の下伸び伸びと遊んでいる。

ここは私とレイちゃんとの出発点。辛い時は愚痴りながら、楽しい時は笑って、ずっとこの風景を見て、共に過ごして来た。やっぱり、この村が大好きだ。

レイちゃんが村長と話をつけ、『村人全員の火打石を一生用意する』という家賃の元、隠れ家として、貸してもらえることになった。王都での暮らしに疲れた時は、時折ここへ戻って来て、心を癒そう。

私達は今すぐ、この村に戻っては来れない。

今はアーシュも頑張っているところだし、私も、そんな彼の側にいたいって思えるから。それに、レイちゃんも打倒レーディアスさんを目標に掲げ、日々頑張っているし。

だけどいつか、歳を取ったその時に、ここに移住してレイちゃんと自給自足の生活を送るのも、素敵なことじゃないかしら。昼は畑作業をしたり、ハーブを栽培して、夜は空を見ながら語り明かしたりしてさ。

「いつかまた、ここに戻って来ようね、メグ」

私がそんな未来を夢見ていた時、レイちゃんから声をかけられ、驚いた、まるで、今の私の心の中を読んだみたいだ。まさかそんなわけはないけれど、心が通じ合えたみたいで、とても嬉しく感じる。

「……そこになぜ、私の名前がないのですか、レイ」

そして横から不満気な声と、冷ややかな視線を投げてくるレーディアスさんに、私は苦笑する。

「じゃあ、俺も俺も!!」

横からアーシュも口を挟んでくるけれど、人数が増えて賑やかになって、ちょうどいいのかな。

そこでレイちゃんが、何かを閃いた様で、両手を打った。

「あ、殿下に一つ大事なことを言っておくわ。あのね、畑にいるミミズにイタズラしてかけると
――」

「レイ！　その先は結構です。男同士なので、私から殿下にお伝えしておきます」

レイちゃんが説明を始めようとすると、焦った様に遮るレーディアスさん。

「ん？　何だ？　ミミズに何をすると悪いんだ？」

不思議そうな声を出すアーシュを見て、私とレイちゃんは声を出して笑う。

最近では、王都での暮らしも慣れて来た。

だけど時折、ふっとこの村に帰って来たくなる時がある。

ここへボン村は、優しい村長と穏やかな住民たち。

そんな人たちに囲まれていると、心の疲れも取れて癒される日々だ。

それはまるで生まれ故郷に帰る様な、そんな感覚。

ここは私達にとって大切な場所なのだ。

「ねえ、レイちゃん。王都に戻っても、私達はずっと一緒だよね」

ちょっと恥ずかしい台詞を吐けば、彼女も真顔で答えてくれる。

「うん、これからもよろしくね、メグ」

レイちゃんが差し出した手を、私はギュッと強く握りしめた。

「こちらこそよろしくね、レイちゃん」

そうして私達は、この先も続く素敵な未来を想像すると、顔を見合わせて微笑んだ。

破壊の王子と平凡な私

著者　夏目みや

2016年4月5日　初版発行

発行人　小池政弘

発行所　株式会社ジュリアンパブリッシング
〒102-0073 東京都千代田区九段北1-5-9-3F
TEL：03-3261-2735 FAX：03-3261-2736

製版　サンシン企画

印刷所　中央精版印刷株式会社

ISBN：978-4-86457-297-2
Printed in JAPAN